HARPERS
FÄHR(T)E
eine kriminelle Geschichte

„Jeder Mensch ist ein Mond
und hat eine dunkle Seite,
die er niemandem zeigt."

Mark Twain
(1835-1910)

Thomas Schmitt
HARPERS FÄHR(T)E

eine kriminelle Geschichte

Professore J. Kern
mit mörderischem
Vergnügen überreicht...

Ihr Thomas
Schmitt

14.10.2004

Die nachfolgende Erzählung entspringt der Phantasie.
Die Schauplätze sind real, die handelnden Personen sind – mit
Ausnahme der Nebenrollen – irreal.
Rückschlüsse auf Haltungen des Autors sind erlaubt, führen
aber auf die falsche Fährte.

Ich danke Evi, Tina, Anna und „underdog" Luna für ihre
Nachsicht. Sabine Strieffler danke ich für den Zuspruch.
Helga Hoepffner verdanke ich den Kontakt zu Mandy Knight.
Mandy Knight danke ich für den vermittelten Einblick in das
Polizeiwesen der Vereinigten Staaten von Amerika.
Bei Nicole Götz bedanke ich mich für die Entzauberung des PC.
Dem Team der Würzburger Stadtbücherei danke ich für die
Recherche in letzter Minute ... Pia Beckmann danke ich für die
Übertragung ins Deutsche.

Dieses Buch widme ich meinen Eltern – Gudrun+, Ottmar &
Helga.

© 2004 Thomas Schmitt
**Herstellung und Verlag: Books on Demand GmbH,
Norderstedt
ISBN 3-8334-0722-0**

Inhalt

Die Leidtragenden	7
Die Tat	8
Der Anruf	25
Das Treffen	40
Der Tote	62
Das Haus	84
Der Anwalt	99
Das Motiv	116
Die Katze	131
Der Besuch	145
Der Senator	159
Die Flucht	180
Die Entscheidung	196

Die Leidtragenden

Blocker, Kenneth, US-Marshal	leidet beim Anblick Harpers
Calzone, Federico, Fotograf	Hauptleidtragender
Duke, Kollege Malverns	leidet an Geldnot
Fulbright, Franklin, Senator	kann sich gut leiden
Harper, John Samuel Lee, Sheriff	kann den Montag nicht leiden
Johnson, Jennifer, Sekretärin	leidet mit ihrem Chef
Low, Catherine, Ehefrau	erleidet einen Nervenzusammmbruch
Low, Gordon, Ehemann	leidet an Fernweh
Malvern, Bob, Deputy	ist Leid gewohnt
Morris, Phil, Special Agent	leitet die Ermittlungen des FBI
Ratcliff, Walter, Rechtsanwalt	ist den Sheriff leid
Tanner, Susan, Journalistin	litt unter Bob
Tucker, Fred, Lokführer	leidet an Sehstörungen
Walker, Tom, Senatsmitarbeiter	verzehrt sich in Selbstmitleid

Die Tat

Harpers Ferry, West Virginia,
Montag, 7. April 2003;

Von den Bergen wehte ein eisiger Wind. Der Mann stand unterhalb des Bahndamms und hatte eine ganze Weile gewartet, den Blick immer auf die schäumenden Wellen der sich hier vereinenden Flüsse Shenandoah und Potomac gerichtet - Indianerland.

Mit klammen Fingern schlug er den Kragen seines Kaschmir-Mantels hoch und es schien, als wolle er ganz in die wärmende, schwarze Wolle eintauchen. Während er den Kopf einzog, schob er die schmächtigen Schultern nach oben. Noch konnten die Strahlen der Frühlingssonne das fahle Licht dieses Tages nicht aufhellen. Und doch zwang das Zwielicht den Mann, zu dieser frühen Stunde bereits eine schmale Sonnenbrille mit grünem Glas zu tragen.

Der Fremde hatte seinen Mietwagen auf dem Parkplatz auf der Anhöhe vor der kleinen Bahnstation abgestellt und war von da auf die andere Seite der abschüssigen Straße hinabgestiegen. Am Fuße des Hügels, auf der dem Bahnhof zugewandten Seite der Shenandoah Street, klebten schmale, zwei- bis dreigeschossige, schmucklose Häuser am Hang, die Dächer mit grün- oder rotlackiertem Zinkblech eingedeckt.

Der Mann lief vorbei an dem Ziegelbau, dessen drei

neo-romanische Tore ihn an einen historischen Feuerwehrgeräte-Schuppen erinnerten. Tatsächlich ging von dem ehemaligen Waffenarsenal einst ein Funkenflug aus, der später das vernichtende Feuer eines Bürgerkrieges entfachen sollte. Der Fremde bewegte sich auf historischem Boden. Hier wurde 1859 der Aufstand des Sklavereigegners John Brown niedergeschlagen und das von den Aufrührern besetzte Fort gestürmt.

In jenen Apriltagen des Jahres 2003 führte die vereinte Nation Krieg; die Truppenverbände der Allianz standen in den Außenbezirken von Bagdad.

Er wusste nicht, wie lange er schon gewartet hatte, aber es kam ihm vor wie eine kleine Ewigkeit. Er fasste den Entschluss umzukehren, stieg die Anhöhe zum Bahnhof des Museumsdorfs hinauf, überquerte den Parkplatz und betrat den menschenleeren, zugigen Bahnsteig. „WARNING - Crossing of tracks is prohibited - use subway" stand auf einem alten Schild zu lesen. Auf der Holzbank lag eine zwei Tage alte Ausgabe der *Washington Post*, die er mit steifen Fingern lustlos durchblätterte. Aus dem Tunnel krochen zwei gelbe Diesel-Lokomotiven als Vorhut eines nicht enden wollenden Güterzuges. Irgendwann hörte er auf, die Waggons zu zählen.

Vom Zug abgelenkt, hatte er den anderen Mann auf dem Bahnsteig zunächst nicht bemerkt. Nun war es in jeder Hinsicht zu spät, um noch reagieren zu können. Während die Güterwagen an ihm vorbeirollten, kam es ihm vor, als liefe eine letzte Filmsequenz. Er hörte keinen Schuss, doch als sein Körper zusammensackte, war er sicher, dass der Film für ihn zu Ende war. Zwei Stunden später würde die Leiche am Bahnhof seine Rolle einnehmen - ohne Worte.

Die letzten Klänge des Oldies „TELL ME WHY, I DON'T LIKE MONDAYS ?" waren gerade noch aus dem Autoradio zu hören gewesen, als Sheriff John Samuel Lee Harper der Funkspruch erreichte. Auch Sheriff Harper mochte den Montag nicht; er hasste diesen Tag geradezu, fand ihn insbesondere dann verabscheuungswürdig, wenn die Woche mit einer aufgefundenen Leiche begann. Das hieß: Herumstehen an zugigen Auffinde-Orten, die nicht immer identisch mit dem Tatort waren. Und es bedeutete jede Menge Papierkram, der sich in Form von steil aufragenden Wanderdünen auf der Hochebene seines Schreibtisches ausbreitete.

Harper war ein Mittsechziger von untersetzter Gestalt, der gut zweieinhalb Zentner auf die sprachlose Waage brachte. Auch eine sprechende Waage wäre ob dieser Last wohl für immer verstummt. Seine Uniform saß wie immer schlecht, so, als würde sich deren Träger in seiner Haut nicht wohl fühlen. Schon bei der Army hatten sie ihm mit unschöner Regelmäßigkeit die am schlechtesten sitzende Uniform verpasst.

Verpasst - das entsprach der Empfindung eines Menschen, der Zeit seines Lebens die fixe Idee kultivierte, ständig und überall zu kurz zu kommen und übervorteilt zu werden.

Er hatte dies verinnerlicht und sein Trauma über

all die Jahre hinweg sorgsam mit Vorurteilen gegen jede und jedermann gepflegt. Vorurteile waren auch so ziemlich das einzige, was er pflegte.

Besondere Hobbys pflegte er nicht. Und da er sich selbst auch nicht pflegte, sondern einen eher ungepflegten Eindruck machte, pflegte er auch keinen Umgang mit Frauen. Das andere Geschlecht kam in seinem Erlebnishorizont lediglich als die in Tränen aufgelöste Witwe vor, der er die Nachricht vom Unfalltod ihres Mannes überbringen musste. Oder er begegnete einer Frau mit oberflächlichem Charakter in irgendwelchen B-Movies, die er nachts - wie gewöhnlich auf der Couch liegend - ebenso in sich reinzog, wie sein geliebtes Dosenbier. Eine Leiche vor dem Frühstück gefiel ihm ebenso wenig, wie die Uniform, aus der er fahren wollte, als ihm der Sergeant von den Park Rangers die Nachricht von dem unbekannten Toten am Bahnsteig in Harpers Ferry übermittelte. Harper zog den Kopf ein und nahm das Lenkrad seines Funkstreifenwagens fest in seine feisten Hände. Wie mit geballten Fäusten saß er da, eingeklemmt hinter dem Armaturenbrett seines Dienstwagens, als er mit Sirenengeheul die Route 340 hinunterdonnerte.

Körpersprache ist international. Dies war so ziemlich die einzige Fremdsprache, die er fließend - je nach Laune - beherrschte und deren Körpersignale zu verstehen, sein dienstliches Umfeld Vokabel für Vokabel auswendig gelernt hatte.

Auf so viel Verständnis konnte John Samuel Lee Harper – „S.L." - wie sie ihn in Abwesenheit ehrfurchtsvoll nannten, hoffen. Auch wenn er sich in seiner Wahrnehmung nur von „hoffnungslosen Fällen" umgeben wähnte, denen keiner mehr helfen konnte, am allerwenigsten er selbst.

„Dieses Sch...-Licht", fuhr er die beschlagene Windschutzscheibe unversehens an, die aber keinerlei Reaktion zeigte. Seine Tiraden prallten seit Jahren an ihr ab, denn sie hatte den Durchblick, der John Samuel Lee Harper bisweilen fehlte.

Apropos: John Samuel Lee Harper - mehr noch als an seinem Körpergewicht hatte der Träger dieses Namens an den drei Vornamen seines Vaters, Großvaters und Urgroßvaters zu tragen, deren genealogische Reihung ihm jederzeit das familiäre Strandgut vor Augen führte, das längst auf den Friedhöfen der Umgebung zur letzten Ruhe gebettet worden war. An seine Mutter konnte sich Harper nur dunkel erinnern. In seiner Erinnerung blieb sie eine kränkelnde, verhärmte Frau, die ihm kaum Schutz bieten konnte, wenn ihr Gatte John, der Stahlkocher, mal wieder angetrunken von seiner Stammkneipe nach Hause kam und eine Runde mit der Gürtelschnalle ausgab. „Kopf oder Zahl?" brüllte er dann. Den kleinen John Samuel Lee traf es fast immer - unzählige Male. Sollte seine Mutter doch für ihn den Kopf hinhalten! Dass er nach mittelmäßigem Schulbesuch einmal bei der Polizei landen würde, hatte ihm keiner ins Stammbuch geschrieben. Er war damals einfach abgehauen, von heute auf morgen.

Dabei hatte er eines unauslöschlich auf seiner körpereigenen Festplatte abgespeichert:

seine Zeit als Freiwilliger bei der Armee in Fort Worth, Texas, und das anschließende Desaster in der „Schweinebucht", als die *Strategen* vom CIA Fidel Castro aus Kuba zu vertreiben gedachten und Harpers Kameraden bei ihrem Landemanöver aufgerieben wurden.

Monatelang waren sie in einem nördlich von New Orleans gelegenen Sumpfgebiet hart trainiert worden - von David Ferrie, der *alten Schwuchtel*! Es war J. F.K., der den vom Secret Service zugesagten und für ein Gelingen der Operation des Landemanövers erforderlichen Einsatzbefehl für die Luftwaffe verweigert hatte. Und es war sein Bruder Robert, *dieser größte Justizirrtum aller Zeiten*, der das Übungs-Camp durch das FBI auflösen ließ.

Nein, John Samuel Lee Harper hatte keine Lust mehr, für andere seine Haut zu Markte zu tragen. Aber er wollte in einer Mischung aus Patriotismus und Pflichtgefühl, wie er es verstand, das Land sauber halten. Und jetzt also dieser Saustall in Harpers Ferry – in SEINEM Wirkungsbereich! Dabei hatte man den Ort keineswegs nach ihm, sondern nach Robert Harper, jenem Schiffsbauer aus Philadelphia benannt, der hier Mitte des 18. Jahrhunderts eine Fährverbindung über den Potomac schuf – Harpers Ferry. Aber das war Geschichte und John Samuel Lee Harper lebte im Hier und Heute, und dass der Ort auch seinen Familiennamen trug, war unzweifelhaft nicht das Verdienst seiner Sippe, aber immerhin eine Art ideeller Ausgleich für den während seiner trostlosen Kindheit erlebten Liebesentzug und die Misshandlungen durch den Mann, der sich als sein Vater ausgab.

Die Kollegen von der Spurensicherung hatten das Gelände um die Bahnstation im Harpers Ferry National Historical Park weiträumig abgesperrt. Missmutig schleppte Sheriff Harper seinen massigen Körper die Anhöhe hinauf. Oben angelangt, kam ihm sein Assistent, Chief-Deputy Bob Malvern entgegen.

„Guten Morgen, Sir!"

„Heben Sie sich Ihren Text für die kleine Feier zu meiner Versetzung in den Ruhestand auf! Die Woche habt ihr mir sowieso versaut ...", knurrte Harper. Malvern hatte es sich - aus schlechten Erfahrungen mit S.L. klüger geworden - mit der Zeit abgewöhnt, noch irgendeine Reaktion zu zeigen. Sein Chef liebte Dosenbier, hie und da mal einen Bourbon, aber in keinem Fall liebte er Widerspruch. Das Leben erschien John Samuel Lee Harper widersprüchlich genug.

Malvern führte S.L. mit ausdruckslosem Gesicht zum Fundort der Leiche. Auf diese Weise war er seinem *Stinkstiefel* von Chef ein, zwei Schritte voraus, was für einen kleinen, unterbezahlten Polizeibeamten schon einen Fortschritt darstellte. Malvern fungierte als Scout in unübersichtlichem, von nummerierten Fähnchen übersätem Gelände.

Die Spurensicherung hatte den Leichnam bereits in Folie gewickelt. Harper schien von dem Toten zunächst keine Notiz zu nehmen. Sein Interesse galt dem unmittelbaren Umfeld. Er starrte auf die Gleise, die über die Eisenbahnbrücke führten und weiter hinten in den Tunnel einmündeten. Aufmerksam und seelenruhig las er den Text des Warnschildes, machte drei Schritte nach vorne und erklomm das kleine Beton-Podest, das den dunklen Weg hinab zur Bahnunterführung wies. Harper stieg die staubigen Stufen der Treppe hinab. Linker Hand öffnete sich ein kurzer Gang, der zum gegenüber liegenden Bahnsteig führte. Auf der rechten Seite gewährte eine mit inliegendem Draht versehene Milchglasscheibe diffusem Sonnenlicht Einlass. Durch die Scheibe waren die Umrisse wuchernder Brennnesseln zu sehen. Harper wandte sich um und blickte die Treppe hinauf. Oben sah, oder vielmehr erahnte er die schwarzen Umrisse von Malvern, der ihm bei seinem Abstieg die Gefolgschaft verweigert hatte. Der Sheriff blickte erneut nach rechts. Dort lag noch immer der dunkle Gang, an dessen Ende spärliches Licht vom Aufgang zum Bahnsteig einfiel. Während er wieder in die Richtung von Malvern schaute, fingerte Harper eine private Virginia aus der Brusttasche seiner Dienstuniform und steckte sich die Zigarre an. Beinahe genießerisch sog er die kleine, dezente Rauchfahne ein. Als hätte es noch eines letzten Impulses bedurft, folgte Harper den in Richtung Bahnsteig aufsteigenden Rauchwölkchen. Er stand nun seitlich zur Bahnstation, deren Längsseite von einer langen Holzbank mit hoher, leicht nach hinten gewölbter Lehne gesäumt wurde. Davor lag die in Alufolie verpackte Leiche. Er war gerade im Begriff, den Inhalt des Alu-Pakets in Augenschein zu nehmen, als ein lauter, durchdringender Hupton das Passieren eines aus dem Tunnel kommenden Zuges ankündigte.

Die gelbe Zugmaschine wuchs beim Herannahen zu ihrer realen Größe, den Lärm ratternder Güterwaggons im Gefolge. Irgendwann hörte John Samuel Lee Harper auf zu zählen. Es wurde höchste Eisenbahn, tätig zu werden.

Die Beamten hatten die Folie auf Höhe des Kopfes inzwischen zurückgeschlagen.

„Ein Schuss aus kurzer Distanz direkt zwischen die Augen …", bemerkte Malvern.

„Das waren Profis."

„Wieso? Waren es mehrere?" gab John Samuel Lee Harper zurück.

„Es kann auch ein Einzeltäter gewesen sein. In jedem Fall eine professionelle Arbeit", erwiderte Malvern unbeirrt.

„Drecksarbeit für uns", warf Harper ein, „… eine elende Sauerei, das hier!"

„Der Mob liquidiert auf diese Weise," sagte Malvern.

„Wir sind hier weder in Chicago, noch in New York, Malvern. Das hier ist nicht L.A., New Orleans oder Miami. Womit um Himmels Willen soll denn die Mafia hier Geld verdienen? Das hier ist Harpers Ferry, **mein** Revier, Jefferson County in West Virginia!"

Malvern seufzte.

„Wie lange liegt das Paket hier am Bahnsteig?"

„Ein Ehepaar aus Phönix, Arizona, hat die Leiche vor drei Stunden aufgefunden. Viel länger dürfte der tote Mann hier nicht herumgelegen haben. Die Gerichtsmedizin wird die Obduktion umgehend einleiten. Soviel Leichen gibt's in der Gegend nicht."

„Wissen wir, wer der Tote ist?"

„Zur Identität kann derzeit keine Aussage gemacht

werden. Papiere wurden keine gefunden. Führerschein, Ausweis, Kredit-Karten – Fehlanzeige!"

„Die Zähne wird man ihm schon nicht herausgeschlagen haben", antwortete Harper leicht genervt. „Ich gehe in meinem jugendlichen Leichtsinn auch nicht davon aus, dass dem armen Schwein die Fingerkuppen abgeschnitten wurden."

Nach einer kurzen Pause sagte Harper: „Veranlassen Sie, dass die auf dem Bahnhofsgelände parkenden Fahrzeuge und deren Halter überprüft werden. Auf irgendeine Weise muss der ja hierher gekommen sein. - Dass er geflogen ist, schließe ich definitiv aus!"

Malvern hatte längst sein offizielles Gesicht wieder aufgesetzt und zeigte gute, bis unbeteiligte Miene zum bösen Spiel, als S.L. noch hinzufügte: „Ich habe wenig Lust, die Eierköpfe vom FBI hier herumlungern zu sehen."

Frederick, Maryland,
Dienstag, 8. April;

Fred Tucker liebte feste Gewohnheiten. Wie jeden Vormittag, wenn er von der Schicht kam, setzte er heißes Wasser für den löslichen Kaffee auf und schlug drei Eier in die Pfanne, die er mit Schinkenspeck drapierte. Danach schälte sich Tucker - Kaffeetasse und Pfanne jonglierend - aus der engen Koje der Küchenzeile und ließ sich an dem runden Tisch am Fenster der Essecke nieder.

Nachdem er mit der rechten Hand den Pott mit

dampfendem Kaffee zum Munde geführt und sich dabei - wie immer - den Mund verbrannt hatte, versuchte er mit der Gabel die dünne Membran über dem Eigelb anzupieksen. Er sog die glibberige Flüssigkeit mit einer Scheibe Toast auf.

Der Bissen blieb ihm förmlich im Halse stecken, als er kurz darauf die Morgenzeitung aufschlug und die Schlagzeile las:

UNBEKANNTER TOTER AM BAHNHOF VON HARPERS FERRY – Rentner-Ehepaar aus Arizona findet Leiche

Tucker durchfuhr es wie ein Blitz. Gestern hatte er - wie gewöhnlich - den mit Containern beladenen Frühzug von Baltimore, Maryland, über Frederick nach Berkeley Springs gefahren. Auf dem Schienenweg dorthin muss der Güterzug die Brücke beim Zusammenfluss von Potomac und Shenandoah überqueren und zwangsläufig die Bahnstation von Harpers Ferry passieren. Tucker konnte auf diesem Streckenabschnitt nur mit stark gedrosselter Kraft fahren.

Am Haltepunkt in Ferry saß ein einsamer Mann mit dunklem Mantel und Sonnenbrille. Beim Vorbeifahren meinte er im Augenwinkel eine Gestalt aus der Bahnsteig-Unterführung emporkommen zu sehen.

Fred Tucker fing an, sich unwohl in seiner Haut zu fühlen. Obwohl er vor wenigen Minuten aus der Dusche gestiegen war, trieb es ihm den Schweiß aus allen Poren.

Was geht mich auch dieser Tote an? Den kann ohnehin keiner mehr zum Leben erwecken!

Es waren zuallererst die feinen Mechanismen des Verdrängens, die unter Tuckers Schädeldecke um sich griffen. Und doch keimte ein Gedanke in seinem Bewusstsein, der ihn nicht mehr los ließ: Es war die böse Ahnung, der letzte Mensch gewesen zu sein, der den armen Teufel en passant - quasi im Vorüberfahren - zuletzt lebend gesehen hatte.

Tucker wurde mit einem Mal richtig übel. Abscheuliche Vorstellungen machten sich in seinem Kopf breit.

John Samuel Lee Harper befand sich auf dem Weg zum Revier. Er hatte sich entschieden, die Berge an der Ostflanke zu schneiden und die ihm vertraute Route zu nehmen. Es war die Strecke seiner Wahl. Und die Wahl konnte aus seiner Sicht nicht besser sein: Auf dem kleinen Umweg lag Winchester, wie geschaffen, um im örtlichen Fast-Food-Saloon die Lampen im Geiste von der Decke zu schießen und bei der Gelegenheit noch ein kräftiges Frühstück einzunehmen.

Das Frühstück war seine Hauptmahlzeit. Mittag- und Abendessen waren ihm fremd. Sie entsprachen so gar nicht seiner Sozialisation. Lieber frühstückte er mehrmals am Tag. Längst hatte er es aufgegeben, sein Gewicht zu bekämpfen. Er zog es vor, all seine Energie für den Kampf gegen Verkehrssünder und andere Gesetzesbrecher zu verwenden. Für Nebenkriegsschauplätze im Weichbild der Fettpolsterfront blieb da kein Platz! Harper hatte sich entschieden, sein ganzes Lebend- und Kampfgewicht in der Schlacht gegen das Verbrechen einzusetzen.

Die Vernehmung der betagten Leutchen aus Phönix war nicht sonderlich ergiebig gewesen. Informationswert gleich Null! Da gab es nichts, was seine Leute nicht schon längst wussten. Auch die Sache mit den Fahrzeugen erwies sich rückblickend als Schuss in den Ofen. Alle vor dem Bahnhof abgestellten Fahrzeuge waren noch am selben Tag von Tagestouristen abgeholt worden. Die Spurenlage entlang touristischer Trampelpfade war nicht verwertbar. Da trat ständig jemand in die Fußstapfen des Vorgängers. Die Spurensicherung hatte am vermutlichen Tatort - wofür in der Tat einiges sprach - keine noch so kleine Patronenhülse gefunden. Niemand hatte einen Schuss gehört.

Wie, *zum Teufel*, war das Paket nur dort hingekommen? Harper ging das nicht in seinen Kopf. Er fuhr sich über seinen Bürstenhaarschnitt und blickte in den Rückspiegel. Er sah einen übel gelaunten und schlecht rasierten Menschen, dessen Doppelkinn einer Sheriffs-Uniform an den abgewetzten Kragen ging. Er kannte den Kerl aus dem Badezimmer. Dort begegnete er ihm täglich im Spiegel. Soweit er auch zurückdachte, konnte sich Harper nicht erinnern, dass sein Gegenüber einmal „Guten Morgen!" gesagt hätte. Harper selbst hatte keine Veranlassung als Erster zu grüßen. Immerhin wohnte er dort.

Der Kerl soll froh sein, dachte Harper, *wenn ich für ihn pünktlich die fällige Monatsmiete überweise!*
Sheriff John Samuel Lee Harper würdigte das ungepflegte Gesicht im Spiegel keines Blickes mehr. Vor seinem geistigen Auge sah er stattdessen einen dampfenden Stapel Pancakes unter Ahornsirup an geschlagener Butter. Bei dieser Vorstellung gab sich auch Harper geschlagen. Die Kapitulation an der Kalorienfront war die einzige Form des Aufgebens, die er akzeptierte. Er wäre in der Funktion des Schriftführers bei den „Weight-Watchern", den Gewichts-Wächtern, eine glatte Fehlbesetzung gewesen. Das war so sicher wie das „Amen" in der Kirche, die er selten genug besuchte.

Harper befand sich bereits im Landeanflug auf Winchester, wo er seinen Streifenwagen vor einem amerikanischen Feinkost-Restaurant zum Stehen brachte. - Einparken war nicht sein Ding; er stellte sich (und seinen Wagen) am liebsten quer.

Sein Leben war raumgreifend. Für enge Parklücken war in John Samuel Lee Harpers Denksystem beim besten Willen kein Platz. Und da er meist unwillig war, schon gleich zweimal nicht.

Als er wenige Stunden später frisch gestärkt das Jefferson County Sheriff´s Office an der 116 E Washington Street in Charles Town betrat, entging ihm, dass dies ein winzig kleiner Schritt für die Menschheit, aber ein großer Schritt für die fataler Weise unter seinem linken Absatz befindliche Kakerlake war. Dieser Umstand - um nicht zu sagen: Fehltritt - machte auf das Insekt einen gewaltigen Eindruck.

Harper fehlte für die ganz unten auf dem Boden seines Büros vegetierenden Schatten- und Verlierer-Existenzen jegliche Sensibilität. Er hatte für diesen Mikrokosmos in seinem Büro schlicht und einfach keine Antenne. John Samuel Lee Harper hatte stets den Gipfel vor Augen, auch, wenn es wie an jenem Nachmittag der Gipfel des sich auf seinem Schreibtisch auftürmenden Papierberges war. Statt eines Gipfelkreuzes, lag ein kleiner, gelber Zettel oben auf. Darauf war handschriftlich zu lesen: **„EILT!"** Darunter stand eine Telefonnummer - augenscheinlich ein Anschluss in Washington D.C. - für Harper immer noch die Hauptstadt der verhassten Nordstaaten.

Harper ließ sich unbarmherzig in das fettige Polster seines Drehstuhls fallen, der den Druck mit einem vernehmbaren Ächzen quittierte. Der Vorgesetzte selbst nahm von dieser Lebensäußerung eines ihm buchstäblich untergeordneten Büromöbels herzlich wenig Notiz. Er hatte Wichtigeres zu tun. Jedem, der sein im Binnen-Sprachgebrauch als „HEAD-QUARTER" apostrophiertes Büro betrat, was man ohne triftigen Grund tunlichst zu vermeiden trachtete, war sich automatisch bewusst: Hier ermittelt der Chef persönlich!

Er drückte auf eine Sprechtaste und hörte sich selber sagen: „Wer von Euch Klug-Scheißern hat denn diesen Yankee-Anruf angenommen?"

Eine dünne Stimme meldete sich aus dem Off: „Es war ein Mr. Walker, persönlicher Mitarbeiter von Senator Fulbright ..."

„Was will denn der von mir? - Na, wenigstens ein

Republikaner ... ich wollte im Übrigen wissen, **wer** diesen Anruf angenommen hat!"

Washington D.C., am gleichen Tag:

Tom Walker war ein jugendlich wirkender Mitdreißiger. Er entsprach in persönlicher Erscheinung und persönlichem Auftritt ungefähr dem, was John Samuel Lee Harper aus sich zu machen versäumt hatte. Um es deutlicher zu formulieren: Er war das glatte Gegenteil jenes fettleibigen Vertreters der Exekutive aus West Virginia.

Nach Gewicht und Ausstrahlung hatte der Schöpfer im Falle von Harper und Walker zwei völlig konträre Lebensformen erschaffen, wie sie verschiedener nicht sein konnten.

Als erfolgreicher Princeton-Absolvent zählte Tom Walker zum Brain-Trust von Senator Franklin Fulbright, einem einflussreichen Hinterbänkler. Zu allem Überfluss war Walker ein überaus beredter Bursche, wie sich noch erweisen sollte. Bei dem mit allen politischen Abwässern Washingtons gewaschenen Fulbright, bekam er den letzten Fein-Schliff.

Walker fertigte für den Senator hochkarätige und facettenreiche Analysen des politischen Umfelds. Politik strahlte auf Walker eine beinahe erotische Anziehungskraft aus. „Macht ist sexy!" lautete sein Wahlspruch, den er sich immer dann in homöopathischen Dosen verbal verabreichte, wenn der Bürotag mal wieder mehr als 24 Stunden zu haben schien. Sein Boss Fulbright pflegte das junge Team in solchen Momenten unvermittelt zu fragen: „Und was macht ihr nachts?" Die Antwort erübrigte sich für jene Adlaten, die sich in Fulbrights Gegenwart längst angewöhnt hatten, die Nacht zum Tage zu machen. Das war spätestens dann ein erhellendes Erlebnis, wenn die Betroffenen am nächsten Morgen vom Licht des anbrechenden Tages, den Kopf höchst unkomfortabel auf die Tastatur des PCs gebettet, geweckt wurden.

Der Anruf

Als das Telefon klingelte, hatte Walker gerade ein Gespräch auf dem anderen Apparat. Das Display zeigte die Nummer (304) 728-3299 an. Er vertröstete den Teilnehmer, nicht ahnend, dass Sheriff John Samuel Lee Harper in der Leitung war.

„Guten Tag, Walker, Büro von Senator Fulbright …"

„Sheriff Harper, Jefferson County."

„Vielen Dank, Sheriff, dass Sie zurückrufen …"

„Um was geht's?"

Harper meinte für seine schnörkellose und direkte Art weithin bekannt zu sein. Dies hatte sich bis Washington D.C. offenbar noch nicht herumgesprochen. Tatsächlich kannte ihn in Washington kein Mensch, bis zu diesem denkwürdigen Tag im April des Jahres 2003. Tom Walker sollte ihn jedoch gleich kennen lernen.

„Sie ermitteln doch in dieser Sache in Harpers Ferry?"

Harper war kurz angebunden.

„Welche Sache in Harpers Ferry?"

Sofort merkte der umgängliche Walker, dass er es am anderen Ende der Leitung mit einem wenig kooperativen Gesprächspartner zu tun hatte. Da blies ein kühles, von den Blue Ridge Mountains wehendes Lüftchen aus dem Hörer geradewegs in sein Ohr. Doch Walker war schon mit ganz anderen Sparringspartnern fertig geworden und so zeigte er sich völlig unbeeindruckt, als er nach einer kurzen Pause erwiderte:

„Ich weiß, Sheriff, Sie stehen mitten in Ihren Ermittlungen. Ich beziehe mich einzig auf den heute Morgen in der Presse zu lesenden Bericht, demzufolge ein Ehepaar aus Phönix an der Bahnstation von Harpers Ferry eine tote Person aufgefunden habe ..."

Der gedrechselte Redestil Walkers ging Harper, dem Mann aus den Bergen, gehörig auf die Nerven. Er war nicht gewohnt, im Konjunktiv zu sprechen. Er redete Klartext! Die Möglichkeitsform erschien ihm unmöglich.

„Hören Sie mal gut zu, Mr. Walker: Ich weiß nicht, wie viel Zeit Sie da unten in Washington haben und was Sie das alles angeht - ich für meinen Teil stecke bis zur Halskrause in Arbeit und habe wenig Lust, tägliche Bulletins zum Ermittlungsstand zu veröffentlichen!"

Jetzt brachte sich auch Walker in Position:

„Ich wüsste nicht, welcher Geheimhaltungsstufe Fakten unterliegen, die bereits in den Zeitungen zu lesen waren ..."

„Muss ich einem Mitarbeiter des Senats erklären, dass 50 Prozent eines Presseberichts auf Druckfehlern beruhen und die restlichen 50 Prozent schlicht und einfach erstunken und erlogen sind?!"

„Sheriff John Samuel Lee Harper aus Jefferson County, West Virginia ..."

Der so Angesprochene dachte gerade darüber nach, ob er den Telefonhörer auf die Gabel legen oder stimmgewaltig ausrasten sollte.

Walker, der von all diesen Überlegungen nichts mitbekommen hatte, fuhr unbeeindruckt fort: „Ich kann nicht glauben, dass sich die Welt für Sie tatsächlich so darstellt, Sir!

Es gibt außer Schwarz und Weiß und diffusen Grautönen auch noch Farben ..."

„Sparen Sie sich Ihre Lyrik", unterbrach Harper schneidend, „haben Sie einen sachdienlichen Hinweis oder ...?"

„Sheriff, ich rufe Sie auf ausdrücklichen Wunsch von Senator Fulbright an. Ich vermag mir kaum vorzustellen, dass Sie mit ihm in der gleichen Weise reden würden, wie Sie es gerade mit mir tun. Ich will mir auch nicht vorstellen, was passiert, wenn Ihnen der Fall wegen seiner Bedeutung demnächst von der Bundespolizei entzogen und ein Rudel FBI-Agenten durch die Frühjahrs-Beete Ihrer Ermittlungstätigkeit trampeln würde ..."

„Jetzt reicht es mir aber, Walker ..."

„Ich fürchte, wir stehen erst am Anfang einer ganz und gar unerfreulichen Geschichte ..."

„Ihre Geschichten interessieren mich nicht! Sie behindern seit nahezu fünf Minuten die Ermittlungen meiner Dienststelle!"

„Sicherlich wird es Sie interessieren, um wen es sich bei der Leiche handelt ..."

„Was ist denn das wieder für ein Lockvogel-Angebot? Sie werden mir doch nicht nach all den Vorreden erzählen, dass Sie mir jetzt Name, Alter, Gewicht, Beruf und letzte Adresse des Toten, das Motiv des oder der Täter samt Anschrift präsentieren wollen?! Da würde ja selbst ich mich mit meinen zweieinhalb Zentnern aus meinem Bürostuhl hoch wuchten und nach D.C. bringen lassen!" Harpers Stimme überschlug sich fast.

„Sheriff, das wollte ich Ihnen die ganze Zeit vorschlagen. Das, was ich Ihnen zu sagen habe, ist nichts, was wir am Telefon besprechen sollten." Harper war für einen Moment sprachlos. Nachdem er seine Atmung wieder sichergestellt hatte, fragte er ganz ruhig nach:

„Damit ich Sie richtig verstehe - Sie wollen mir sagen, dass Sie mehr über das Paket in Harpers Ferry wissen?"

„Welches Paket?"

„Polizei-Jargon. Ich meine die Leiche."

„Vielleicht kann ich Ihnen sogar sagen, wer das Paket aufgegeben hat - um mit Ihren Worten zu sprechen ..."

Sie verabredeten einen Treffpunkt für Sonntag, den 13. April in Washington, außerhalb der Senatsverwaltung. Harper solle – „um Himmels willen" - in Zivil kommen und zum vereinbarten Zeitpunkt mit einer unter dem Arm geklemmten *Financial Times* auf der obersten Stufe des Lincoln Memorial warten.

„Muss es denn ausgerechnet das Lincoln Memorial sein?" wandte Harper - für seine Verhältnisse beinahe schon handzahm - ein.

„Weil Sie es sind - für den Mann aus Jefferson County wäre das Jefferson Memorial ein angemessener Ort", antwortete Walker und legte in einem Anflug von Heiterkeit den Hörer auf.

Sheriff John Samuel Lee Harper saß nachdenklich

hinter seinem Schreibtisch. Dies geschah selten. Denn Harpers Temperament ließ es nicht zu, dass er lange still zu sitzen vermochte. Dies entsprach nicht seiner Natur. Nicht umsonst hing er nach Dienstschluss bevorzugt in den hiesigen Steh-Bars herum oder schlang in irgendeinem, am Straßenrand gelegenen Fast-Food-Laden ein zweites, drittes oder viertes Frühstück hinunter. Seine zweieinhalb Zentner Lebendgewicht reichten in seinem Fall gerade aus, der Erdanziehungskraft eine reelle Chance zu geben, dieses Energiebündel von Sheriff dauerhaft im Gravitationsfeld zu halten und zum Erdmittelpunkt hin auszurichten. Seinem Wesen entsprach es mehr, Kopf zu stehen. Dem stand aber wiederum seine Anatomie entgegen. So schleuderte er seine überschüssige Energie wie Gott Zeus vom Olymp seines Büros hinunter zu den nachgeordneten Dienststellen. Die tektonischen Beben waren noch im weiten Umkreis des eigentlichen Epizentrums zu spüren.

John Samuel Lee Harpers Lieblingsfach war seit jeher die Physik gewesen. Aus seiner Schulzeit wusste er noch, dass man *Energie* als die Fähigkeit bezeichnet, *Arbeit* zu verrichten. Er erinnerte sich an einen, während des Physik-Unterrichtes gemachten Versuch, in dem ein festgehaltener Körper aufgrund seiner gehobenen Lage *potenzielle Energie* speicherte. Dies tat der in erhöhter Position ruhende Körper bis zu jenem Zeitpunkt, zu dem der Lehrer ihn losließ. So auch auf dem Revier: Auf dem (Dienst-) Weg nach unten, setzte Harpers Körper *Lageenergie* in *Arbeit* um. Den empirisch gesicherten Nachweis für dieses physikalische

Gesetz erbrachte S.L. Harper jeden Tag im Rahmen eines über viele Dienstjahre angelegten Feldversuches. Immer wenn S.L. seinen massigen Körper in Bewegung setzte, um den Mitarbeitern Beine zu machen, gingen deren hektische Bewegungen augenblicklich in Arbeit über. Dies geschah selbst dann, wenn die Nachgeordneten zuvor an der Kaffeemaschine geplaudert oder Tischfußball gespielt hatten.

Seine Mitarbeiter wussten wiederum aus ihrer Schulzeit, dass jeder Körper für sich *einen Raum* beansprucht und dass an der Stelle des Körpers von Sheriff John Samuel Lee Harper folglich *kein anderer* Körper sein könne. Heute hielten sie es für angezeigt, diesen Büroraum zu meiden.

Der raumgreifende Körper Harpers verharrte in einer ungewohnt statischen Pose.
Die Hauptaufgabe des hinter dem Schreibtisch sitzenden Fleischberges bestand darin, den Unterbau für einen gedankenschweren Kopf zu bilden. Plötzlich drehte Harper eine Runde auf dem Karussell seines Bürostuhls, um kurz darauf wieder in tiefes Brüten zu verfallen. Irgendwann wurde sein ziellos umherwandernder Blick von einem platten Insekt im ausgeblichenen Muster des schmuddeligen Teppichbodens eingefangen. Harper rutschte mit dem Hintern nach vorne und versuchte, die Hände in den Hosentaschen, mit dem Absatz des rechten Stiefels die optische Störung zu beseitigen. Doch obschon seine Po-Backen schon zur Hälfte den vorderen Rand der Sitzfläche seines Chefsessels gefährlich hinter sich gelassen hat-

ten, reichte er nicht an den Fleck heran. So wurde selbst Sheriff John Samuel Lee Harper auf seine alten Tage mit einer ganz persönlichen und höchst unerfreulichen Absatzkrise konfrontiert. Unmittelbar im Anschluss an diesen misslungenen Annäherungsversuch fand er sich in der Talsohle wieder, als der Stuhl unter ihm nach hinten wegflutschte. Der sprunghafte Stuhl sah sich postwendend veranlasst, dem bis dahin an der Fensterwand träge vor sich hin dümpelnden Aquarium zu einem echten Durchbruch zu verhelfen. Die überraschten Zierfische reagierten auf diesen unvorhergesehenen Liquiditätsabfluss zunächst erstaunt. Als das Aquarium sich zur Hälfte entleert hatte, wich das Erstaunen heillosem Entsetzen. Die Brut schien auf diese einschneidende Reform zu diesem Zeitpunkt mental in keiner Weise vorbereitet.

Während sich drei herbeigeeilte Deputies mühten, die Fische zu reanimieren, stand ein fluchender John Samuel Lee Harper vor dem winzigen Waschbecken im Herrenklo. Das heißt, er stand darüber. Seine Bauchfülle verdeckte das Becken zur Gänze. Daran fühlte er sich durch das aus dem Wasserhahn sprudelnde Wasser erinnert, das sich kaskadenartig über seine Wölbung ergoss. Er hatte gar nicht vor, sich zu waschen. Harper wollte endlich wieder trocken werden.

Auch dieser Dienstag war nicht sein Tag. Es kam ihm vor, als gerate sein ganzes Sheriffs-Leben durch den Fluss der sich überstürzenden Ereignisse in stinkigen Morast.

Harper hatte nach seiner verlorenen Kindheit hart

rudern müssen, um beruflich voranzukommen. Erste berufliche Erfolge dienten ihm als Auftrieb.

Mit einem Mal gerieten die Dinge um ihn herum außer Kontrolle. Er war umgeben von *Sumpfblasen* und zu allem Überfluss erhielt jetzt anstelle seiner Person eine Montagsleiche gehörigen Auftrieb. Ein toter Mann, von dem er nichts wusste, außer dass er tot war. Ein Mann ohne Identität und Eigenschaften. Ein Paket, das an einem unbedeutenden Bahnhof lag, wie bestellt und nicht abgeholt, ohne Absender und mit unbekanntem Empfänger.

Da stolperte ein Rentnerehepaar aus Phönix, Arizona, statt über die eigenen Füße über diese unappetitliche Fundsache. Und dann rief - *so mir nichts, dir nichts - ein eierköpfiger, vermutlich hornbebrillter Yankee aus D.C. an und sagt mir, ich soll „in Zivil" kommen. Ausgerechnet ICH in Zivil!* - Wo doch die schlecht sitzende, aktuell nasse Uniform ihm die Reputation verlieh, die er sich selber schuldig war.

Was, zum Teufel, soll ich in D.C.?

Womöglich kennt dieser aufgeblasene Walker am Ende noch Mörder und Motiv und überreicht mir schlussendlich im Finale auf den Stufen des CAPITOL, mit theatralischer Geste, die aktuelle Adresse des Täters!

„Aber kein Zugriff vor 17.00 Uhr - der Herr kommt immer erst um 17.11 nach Hause!"

Harper sah ein puterrotes, ballonartig aufgepumptes Gesicht im Spiegel, das jeden Moment zu platzen drohte. Er spürte, dass es an der Zeit war, Dampf abzulassen.

Er beschloss, heim zu fahren, zu duschen und sich umzuziehen.

Vielleicht findet sich auf der Strecke noch irgendwo eine Gelegenheit zum Frühstücken.

Die Büroarbeit hatte ihn heute doch irgendwie geschafft.

Als Harper die Tür zu seiner Wohnung aufschloss, fühlte er sich müde und matt. Wie gewöhnlich stieß er die Tür mit einem dezenten Fußtritt auf und zwängte sich durch die für seine Verhältnisse viel zu schmale Öffnung. *Architekten*, dachte er, *ein Jahr Probe-Wohnen müsste man euch in diesen Löchern lassen!*

Harper konnte den Gedanken nicht vertiefen, denn er wurde bereits erwartet. Zwei, drei Schritte vor ihm baute sich eine bullige Gestalt auf, die im Begriff war eine Waffe zu ziehen. Reaktionsschnell versetzte Harper mit seinem rechten Ellenbogen dem Lichtschalter im Flur einen Stoß. Die Szene erhellte sich schlagartig. Vor ihm stand ein dicker Mann, dessen an den Hüften angebrachte Rettungsringe soeben in ihrem Element gewesen sein mussten. Der Mann war durch und durch nass. Jetzt fiel Harper wieder ein, dass im Flur seit Jahren ein Garderoben-Spiegel hing. Bei der Gegenüberstellung meinte er die Gesichtszüge von Sheriff John Samuel Lee Harper zu erkennen. Der Mann sah entsetzlich alt aus. Bevor er sich vom Mitleid übermannen ließ, versetzte Harper der Wohnungstür mit dem Absatz einen Tritt, so dass diese krachend ins Schloss fiel. Im Wohnzimmer angelangt, schleuderte er seinen Hut auf die Couch, wandte sich nach links und öffnete seinen überdimensionierten Kühlschrank. Schon fühlte sich eine jener in Reihe und Glied aufgestellten Bierdosen sichtlich ergriffen. Dies war das von Harper stets mit neuen - wie er sagte – „A- und B-Waffen" aufmunitionierte Arsenal (A wie Alkohol und B wie Bier). Bei ihm sollte der geflügelte Soldaten-Spruch, wonach der „Nachschub noch jeden Krieg verloren" habe, keine Nahrung finden. Die Nachschublinie sicherte er selbst, wenn er einmal wöchentlich seinen bis zum Rand mit Dosenfutter gefüllten Einkaufswagen wie einen Panzer durch die Regalfluchten des Supermarktes steuerte. Harper dachte an seine Zeit bei der Army zurück. Gedankenversunken öffnete er ruckartig den Verschluss der Bierdose und schleuderte diese „21-22- ..." - während er sich zu Boden warf - hinter die Couch. Er hörte einen dumpfen Knall; dann wurde es still. Als er so auf dem Boden lag, meinte er, den Geruch von verschüttetem Bier wahrzunehmen. Ihm wurde bewusst, dass das in jeder Hinsicht sein Bier war.

John Samuel Lee Harper lag noch eine Weile ausgestreckt auf dem Fußboden seiner ausgesucht geschmacklos eingerichteten Wohnung, als es an der Tür klingelte. Er brauchte seine Zeit, um in die Senkrechte zu kommen. Dies signalisierte ihm abermaliges, anhaltendes Läuten.

„Ja, ja - ich komm ja schon!" schrie er die geschlossene Wohnungstür an.

Draußen vor der Tür stand Chief-Deputy Bob Malvern, für Harpers Geschmack eine Spur zu lässig an den Türrahmen gelehnt. Malvern lächelte ihn an und hielt dabei mit der Rechten siegesgewiss eine kleine Gefriertüte hoch, in der sich ein Projektil befand.

„Die Patronenhülse haben wir nicht gefunden, dafür aber das hier", sagte er freudestrahlend. S.L. sagte noch immer nichts.

„Ich war bereits auf dem Weg zum Revier, als mich die Jungs anriefen. Sie sagten mir ..."

„Dass ich heute das Wasser meines Aquariums gewechselt habe", fuhr Harper dazwischen.

„So ungefähr ...", antwortete Türsteher Malvern.

Irgendwie sah Harper keine Veranlassung, Malvern in die Wohnung zu bitten.

Der Sheriff hatte inzwischen einen klaren Standpunkt in der Türfüllung bezogen und dachte nicht im Traum daran, diese Position zu räumen.

„Wo habt ihr das gefunden?"

„Kaliber 38 ..."

„Wo, habe ich gefragt!"

„ ... vermutlich *Smith & Wesson*, Stahlmantelgeschoss", fuhr Malvern unbeirrt fort,

„ ... steckte im Eichenbalken hinter der Bank am Bahnsteig."

„Wer ballert denn mit so einem Schießprügel in der Gegend rum?!"

„Muss irgendein Verrückter sein, Chef ..."

„Das ist kein Grund! Wenn es danach ginge, müsstet ihr ja alle mit Panzerfäusten unterwegs sein", sagte der Sheriff mit galligem Humor und verzog dabei keine Miene - so, als habe er eine allseits bekannte Tatsache erwähnt.

Malvern lächelte dünn. *So bekifft, wie S.L. heute*

aussieht, dachte sich Malvern, *kann er mir nur eines tun – nämlich leid!*

„Und den Schuss soll keiner gehört haben?"

„Wenn wir die aufgrund der vorliegenden Obduktionsergebnisse der Gerichtsmedizin angenommene Tatzeit eingrenzen …"

„Geht's genauer?"

„Wir gehen davon aus, dass die tödliche Schussverletzung zwischen acht und neun Uhr dreißig beigebracht worden ist. In dem Zeitraum verkehren da täglich zwei Güterzüge."

„Darum sollten wir uns kümmern!"

„Wir sind schon dabei die Bahngesellschaften zu kontaktieren …"

„Halten Sie mich in der Sache auf dem Laufenden! Ich bin morgen in D.C.!"

„In D.C.?"

Über dem Haupt von Malvern drehte sich ein imaginäres Mobile mit Fragezeichen, während er dabei reichlich dumm aus der Wäsche blickte.

„Washington D.C.", bestätigte Harper. „Das ist, wie man hört, die neue Bundeshauptstadt der Vereinigten Staaten von Amerika", bemerkte Sheriff Harper so trocken, wie seine Uniform am Morgen noch gewesen war – sprach es und trat den ungeordneten Rückzug in seine Bierschwemme an.

Malvern erinnerte sich nicht, seinen Chef jemals so konfus erlebt zu haben. Darüber konnte auch der ätzende Zynismus von S.L. nicht hinwegtäuschen.

Als Malvern am späten Vormittag auf dem Weg

zum Revier war, glaubte er seinen Ohren nicht zu trauen, was ihm die Kollegen unter Missachtung der einschlägigen und allgemein verbindlichen Dienst-Vorschriften zur Nutzung des Polizeifunks brühwarm berichteten. - Von wegen „Bericht"! In den lebhaftesten Farben malten die lieben Kollegen vor seinem geistigen Auge das Untertauchen von S.L. in den aus dem lecken Aquarium schießenden Wassermassen aus. In epischer Breite beschrieben sie das grotesk anmutende Bild der über den gefluteten Teppichboden surfenden Zwerg-Welse. Zum Schreien, der wie eine auf dem Rücken gelandete Galapagos-Schildkröte mit allen Extremitäten zappelnde S.L.! Dies war ein ganz neues, kollektives Erleben ihres BIG BOSS John Samuel Lee Harper, Jefferson County, West Virginia. Was, um Himmels Willen, hatte diesen Sheriff samt seinem Stern so aus der Bahn geworfen?

Wie stets war S.L. morgens im Office eingelaufen, hatte wie ein falsch programmierter Animateur schlechte Laune an Deck verbreitet und sich in seiner Kombüse verschanzt. Dann hatte er krachend die Rollos in seinem gläsernen Befehlsstand heruntergelassen, so dass sich die Crew nie sicher war, ob und wann sie unter Beobachtung stand. Sie ahnten, dass S.L. durch die Schlitze der Lamellen seines Glaskastens das „Sonnendeck" genannte Großraumbüro nach Müßiggängern ausspähte. S.L. nannte diese Aktionen „Dienstaufsicht", „Erfolgskontrolle" oder schlicht „motivationsfördernd". Sie hassten ihn dafür. Und doch mischte sich in die zahllosen, verächtlichen Reden, die sie in seiner Abwesenheit mutig führten, leise

Töne des Respekts. So sehr sie ihn auch wegen seiner unkontrollierten Wutausbrüche und seines beißenden Spotts fürchteten, so sehr konnten sie sich darauf verlassen, dass er gegenüber „denen da oben" schützend seine tellergroße Hand über sie hielt. Aber mit einem Mal, an jenem Apriltag, geriet er zur Witzfigur und gab den Clown ab. Die Truppe konnte schlicht und ergreifend nicht nachvollziehen, wie ein mickriger Anruf aus Washington S.L. so zum Gespött machte. Das wollte ihnen einfach nicht in ihre Schädel gehen! Was war da bloß in ihn gefahren, dass ihn ein Yankee so nachhaltig verunsichern konnte? - Ausgerechnet Washington, ein Ort, der in der nach oben und unten offenen Niveau-Skala von Sheriff John Samuel Lee Harper gleichrangig mit einem x-beliebigen kubanischen Opium-Puff rangierte! Nein, so hatten sie nicht gewettet, dass „Fat Domino", „The Big ONE", einmal so brutal abstürzt! Und überhaupt: Was steigerte sich S.L. dermaßen in diesen Fall rein? Dies war nach allgemeiner Einschätzung der Lage längst kein Fall für ihre Station mehr. Über kurz oder lang würde sich die Bundespolizei zuständig erklären. Immerhin hatte sich schon Washington eingeschaltet. Es würde nicht lange dauern und die Jungs vom FBI oder zumindest ein veritabler US-Marschal würden auf der Bildfläche erscheinen. *Da kann der Dicke toben wie er will!* Malvern ertappte sich, wie er grinsen musste. Das Zucken der Mundwinkel war dafür ein untrügliches Zeichen.

Dass sich Harper zum heimlichen Gespött aller gemacht hatte, kam Malvern unheimlich vor. Als er den Motor des Wagens startete, klang ihm dessen stotterndes Stakkato wie der Auftakt zu Beethovens Fünfter Sinfonie. Das war der Klassiker für ihn! Damit konnte S.L. nichts anfangen - Ludwig van Beethoven, Wolfgang Amadeus Mozart? – Einem Beethoven war er nie begegnet und Mozart kannte er doch bestenfalls von den gleichnamigen Schokoladenkugeln.

Der Motor bäumte sich mit einem kurzen Heulen auf und ab ging die Post!

Harper zog ruckartig die Gardine seines zur Straßenseite gelegenen Wohnzimmerfensters zur Seite. Die Halbstarken und ihre Autorennen regten ihn schon lange auf. Der John Wayne in ihm hätte diesen Typen nur allzu gerne die Reifen plattgeschossen. Doch heute hatte Sheriff John Samuel Lee Harper alias John Wayne das Nachsehen: Längst hatte sich Bob Malvern aus dem Staub gemacht.

Sicher war er schon über alle Berge.

Das Treffen

Washington D.C.,
Sonntag, 13. April 2003;

Harper und Walker waren um 10.00 Uhr am Jefferson Memorial verabredet.

Walker hatte für den Nachmittag noch eine Wohltätigkeitsveranstaltung im Gemeindezentrum der United Methodist Church, 4th Street, im Terminkalender stehen, wo er in Vertretung des Senators ein Grußwort sprechen sollte. Harper wiederum wollte die Sache so schnell wie möglich hinter sich bringen. Er war bereits am Vortag zum Harpers Ferry Police Department gefahren, um dort an einer Lagebesprechung mit den Kollegen teilzunehmen. Noch in der Nacht legte er mit einem Zivilfahrzeug die Strecke von Harpers Ferry nach D.C. zurück. In der Stadt angekommen, stellte er das Auto in dem Betonbunker von Parkhaus hinter der Union Station ab. Dort lockerte er endlich seine Krawatte, die ihm schon während der Fahrt die Luft abzudrücken drohte. Sheriff Harper öffnete die Fahrertür, machte eine halbe, ungelenke Drehung und setzte seine beiden Füße auf Washingtoner Boden. Er spähte nach einer Gehhilfe und fand diese in Form einer Rolltreppe, die ihn nach mehrmaligem Umsteigen vom 4. Parkdeck zum rückwärtigen Bahnhofseingang beförderte. Es kam ihm vor, als habe er sich selbst als Gepäckstück aufgegeben und harre nun seiner baldigen Abfertigung durch diesen famosen Mr. Walker.

Unten angekommen, schritt Harper durch eine der Schwungtüren, die dem Reisenden zum Eintritt in die repräsentative und weitläufige Halle der Union Station verhalf. Von den fünfziger bis in die späten 70er Jahre hinein, hatten sich die Eisenbahngesellschaft und der Congress über die Kosten gestritten, da wegen des zunehmenden Fluggastaufkommens die Zahl der Bahnreisenden rapide abgenommen hatte. Ungläubig starrte das Landei aus Jefferson County hinauf zu der in 29 Metern Höhe hängenden, goldverzierten Decke. Dass die Blattgoldauflage von 22 Karat war, konnte er aus dieser Distanz nicht feststellen. Auch bei näherem Hinsehen hätte Harper keinen sachdienlichen Hinweis zur Exklusivität der in luftiger Höhe angebrachten Goldschmiedearbeiten geben können. Dies war nicht sein Fach. Er stand auf einer Plattform über den ebenerdigen Geschäften. Von hier oben konnte er alles gut überblicken. Dabei hätte er um ein Haar übersehen, dass an einer Theke zur linken ein üppiges Frühstück angeboten wurde. Um Entzugserscheinungen ausgerechnet am Bahnhof zu wehren, kam er mit sich ins Gespräch, ob er das Angebot annehmen solle. Es bedurfte nicht vieler Worte, um sich von der Notwendigkeit der Nahrungsaufnahme zu überzeugen. Die Argumente waren ganz auf seiner Seite. Der innere Schweinehund hatte geradezu verführerisch argumentiert. Wenn Harper auf Dauer bei Kräften bleiben wollte, dann musste er jetzt schwach werden. Das Southern Breakfast mit Eiern, Schinken, Maisbrei, Butter und Pfeffer war auch wirklich herzhaft! Es stieß ihm noch auf, als er den im Stil der Beaux-Arts-Architektur errichteten Granit-Bau längst verlassen hatte und bereits in der Metro saß. Der ihm gegenübersitzende Fahrgast konnte dies bezeugen. Harper stieg an der Haltestelle 1000 Jefferson Drive aus, auf Höhe der Backstein-Fassade des Smithsonian Castle. Er lief die 12th Street in Richtung Waterfront hinunter, überquerte die 14. Straße und deren gleichnamige Brücke, die über den Washington Kanal führt. Von hier aus eröffnete sich ihm ein weiter Rundblick auf das Tidal Basin. Vom gegenüber liegenden Ufer leuchtete das strahlende Weiß des Jefferson Memorials in der Morgensonne. Ein überaus milder Frühlingstag kündigte sich an, und es stand zu erwarten, dass die diesjährige Kirschblüte während der Mittags- und Nachmittagsstunden ganze Busladungen von Touristen zum Park locken würde.

Auf verschlungenen Pfaden näherte er sich in südöstlicher Richtung der nationalen Gedenkstätte, deren säulengeschmückte Kuppel ihn eher an eine Keksdose erinnerte.

„Jeffersons Muffin", spottete er.

Harper staunte nicht schlecht, als er auf Höhe der dem Bassin zugewandten Seite des Memorials, unmittelbar vor dem Treppenaufgang, zwei Dutzend Angehörige der United States Air Force Band erblickte, die dort mit Pauken und Trompeten Militärmusik aufspielten. An den Seiten zum Aufgang begannen Beamte der Metropolitan Police, Washington, D. C. (M.P.D.C.) das Gelände mit dezenten, weißen Kordeln abzusperren.

Das ist nun wirklich zu viel der Ehre!
Angesichts der am Treppenaufgang wahrzunehmenden Geschäftigkeit, entschloss er sich, die Stufen hinaufzusteigen, bevor jemand auf den kühnen Gedanken kam, die Keksdose zum SPERRGEBIET zu erklären.

Beinahe ehrfürchtig trat Harper in das Säulenrund ein. An den Seitenwänden konnte er die in Stein gemeißelten Auszüge aus Jeffersons Unabhängigkeits-Erklärung lesen. Übermannsgroß, wohl an die sechs Meter, stand Jeffersons bronzenes Denkmal auf einem Sockel, den knöchellangen Gehrock geöffnet, das linke, mit einer nachempfundenen Kniebundhose bekleidete Bein machte einen leichten Ausfallschritt. Zu Füßen des Denkmalsockels lag ein Kranz frischer Nelken in den Farben der amerikanischen Nation. Von draußen wehte es die Klänge der Nationalhymne hinauf. Die Jungs übten noch. Auf der Schleife des Kranzes stand zu lesen:

Zum Gedenken des 260. Geburtstages von
THOMAS JEFFERSON
Sonntag, der 13. April 2003 - Söhne der Amerikanischen Revolution,
Bezirk Columbia, gegründet am 19. April 1890

Ein leiser Hauch von Nationalgefühl erfüllte den Sheriff.

Unwillkürlich nahm er Haltung an. Die Werte der Nation galt es hochzuhalten. Gerade an diesem Ort, wo sie von den Yankees vereinnahmt worden waren.

Der Sheriff blickte auf seine Armbanduhr: 09.56

Uhr. Im hinteren Teil der Halle fotografierten sich drei Japaner gegenseitig. Harper trat hinter das Säulenportal und warf einen interessierten Blick auf den am Fuß des Monuments liegenden Platz. Die Jungs von der Big Band der Air Force legten sich ihre Noten zurecht. In gebührendem Abstand hatten unterdessen festlich gekleidete Honoratioren auf weißen Klappstühlen ihre Plätze eingenommen. Auf dem mittleren Treppenabsatz waren Vorkehrungen getroffen, an 24 in Reihe stehenden Halterungen ebenso viele Kränze niederzulegen. Da fiel Harper ein, dass er die *Financial Times* vergessen hatte. Er tröstete sich damit, dass man ihn eigentlich nicht übersehen konnte.

„Benötigen Sie ein Programm?"

Die an ihn gerichtete Frage im Rücken, setzte das Militär-Orchester ihm zu Füßen mit einem feierlichen Präludium ein. Harper wandte sich um.

„Gleich wird Dr. Gareth H. Bond die Gäste willkommen heißen", sprach die Stimme. Sie drang aus dem Kehlkopf eines sommersprossigen Gesichtes, aus dem ein waches Augenpaar durch die Gläser einer ovalen Nickelbrille munter in die Welt und auf den amerikanischen Staatsbürger John Samuel Lee Harper, Sheriff von Jefferson County, West Virginia, blickte.

Die Stimme sagte: „Im Anschluss daran wird General-Major Jackson für den Präsidenten der Vereinigten Staaten von Amerika, Mr. George W. Bush, einen Kranz niederlegen. Weitere 23 Kränze werden folgen - so steht es jedenfalls im Programm."

Nun wurde aus dem Hintermann ein Gegenüber. Sie blickten einander in die Augen. Harpers Gegenüber trug einen tadellos sitzenden, grauen Flanellanzug, der dem Schnitt des klassischen englischen Reiteranzugs nachempfunden war. Der Mann im Flanell mochte Mitte dreißig sein. Sein volles, lässig gescheiteltes, rotblondes Haar verlieh dem Fremden eine gewisse Ähnlichkeit mit Robert Redford. Genauso gewinnend war das Lächeln dieses Mannes.

„Sheriff Harper, wie ich annehme - heute ohne *Financial Times*."

Da war er wieder, der ironische Unterton des mit Walker geführten Telefongespräches.

„Entschuldigen Sie bitte, ich habe vergessen mich vorzustellen: Mein Name ist Walker.

Tom Walker. Ich bin ein enger Mitarbeiter von Senator Franklin Fulbright. Ich glaube, wir sind verabredet."

Harper hielt es für an der Zeit, jetzt die Repräsentanten der Nation im Rücken, das Wort zu ergreifen. Nur welches?

Während Sheriff Harper noch überlegte, ergriff Doktor Gareth H. Bond, Präsident der D.C. Society, SAR - Gesellschaft der Söhne der Amerikanischen Revolution - wie im Programm ausgedruckt - das Wort:

„Herr General, meine sehr verehrten Damen und Herren …", wehten die unten gesprochenen Worte herauf.

„Sind Sie Mr. Walker?" (Schlechter Einstieg, Harper wollte erst einen guten Morgen wünschen, da er dies aber selten tat, misslang diese Übung.)

„Ganz recht! Wir hatten miteinander telefoniert. Schön, dass Sie es ermöglichen konnten …"

„Mal sehen, ob es schön bleibt - immerhin bin ich seit den frühen Morgenstunden unterwegs."

„Das tut mir leid, aber wir haben nächste Woche die wichtige Anhörung im Senat zu den Außenhandelszöllen für die Automobilindustrie. Senator Fulbright ist Berichterstatter des entsprechenden Ausschusses und wir müssen das Hearing noch vorbereiten. Heute Nachmittag vertrete ich den Senator bei einer Wohltätigkeitsveranstaltung."

„Ich vertrete mich meist selber," entgegnete Harper einsilbig.

Treppab lief der Präsident der amerikanischen Söhne der gesellschaftlichen Revolution - oder so ähnlich - zu seiner rhetorischen Höchstform auf:

„... wollen wir das Andenken des dritten Präsidenten der Vereinigten Staaten von Amerika, Thomas Jefferson, dessen 260. Geburtstag feierlich zu begehen wir heute die große Ehre haben ..."

Ein Marineoffizier schritt einen Kranz vor sich hertragend, gemessenen Schrittes vor General Jackson die Stufen hinauf. Der aufkommende Wind wehte spaßeshalber die vorgesehenen Kranz-Ständer um. Marines in Gala-Uniform bemühten sich, die Metallgestänge wieder in die Senkrechte zu bringen.

„Wissen Sie," hörte sich Harper sagen, „ich weiß gar nicht, was ich hier soll. Wenn Sie ein Tatzeuge sind, hätte ich Sie auch einbestellen können."

Bevor der für einen kurzen Moment verdutzte Walker den Hieb parierte, war der Kranz aus dem Weißen Haus durch den maritimen Vertreter der Streitkräfte an seinem Bestimmungsort aufgestellt worden.

„Hören Sie, Mr. Harper ..."

Weiter kam Walker nicht. Die United States Air Force Band intonierte die Nationalhymne – das Zeichen für das Hissen der Flagge. Alles stand. Harper und Walker standen schon die ganze Zeit. Jetzt drehte der Sheriff Walker den Rücken zu und legte die rechte Hand aufs Herz. Vielstimmiger Männergesang wurde von der Militärkapelle mit vollem Blech in alle Winde geblasen.

Das Protokoll gewann bei heftiger werdendem Wind langsam an Fahrt.

Ein Notenblatt machte einen Ausflug über die Wasseroberfläche des Bassins.

„Wenn ich Sie nicht angerufen hätte, Sheriff, dann hätten Sie sich unter Umständen den Sonntagsausflug nach D.C. gespart, aber mehr auch nicht!" Walker hatte unmittelbar nach dem letzten Ton der Hymne die Initiative ergriffen.

Unten sprach in diesem Moment Doktor Thomas Worsley. Im Programm war sein Vortrag überschrieben: „Happy Birthday, Mr. Jefferson!"

Harper wandte sich zum wiederholten Male um.

„Mr. Walker, Sie muten mir zu, in aller Sonntagsfrühe in Zivil außerhalb meines Distrikts nach D.C. zu fahren, einzig im Vertrauen darauf, dass Sie mir Fakten zu einem Mordfall nennen, von dem Sie in der Presse gelesen haben."

Walker stellte sein Lächeln ein. Nach einer kurzen Pause, die Doktor Worsley seinerseits mit Anekdoten aus dem Leben Jeffersons füllte, sagte Walker:

„Ich mache Ihnen einen Vorschlag: Lassen Sie uns

einen kleinen Spaziergang hinüber zum Franklin D. Roosevelt Memorial machen, da können wir ungestörter reden. Ich glaube, ich habe wichtige Informationen für Sie."

Diesen Vorschlag quittierte die United States Air Force Band mit einem kurzen Tusch, was Doktor Worsley nicht daran hinderte, die Qualität des von Jefferson einst konstruierten und auch benutzten Bettes auf dessen Landsitz in Monticello, Charlottesville, zu rühmen.

Harper rang sich zu einem lustlosen „O.K." auf. Dies war sein bis zu dieser Stelle prägnantester Beitrag.

Diskret verließen beide den vom nationalen Weihrauch umschmeichelten Olymp und stiegen in die Niederungen Washingtons hinab. Während Walker beim Gehen seine Gedanken verfertigte, nutzte John Samuel Lee Harper, vom Volk gewählter Sheriff von Jefferson County, einen unbemerkten Moment, um seine unter den Bauch gerutschte Hose hochzuziehen. Er konnte in dieser Sekunde nicht ahnen, dass er im Verlauf unserer Geschichte den Gürtel noch gewaltig würde enger schnallen müssen.

Am Fuß des Hügels schlugen beide den Weg in Richtung Roosevelt Memorial ein. Ohne ein Wort miteinander zu wechseln, schlenderten sie eine Zeit lang nebeneinander her. Sie überquerten die kleine Brücke, die den östlichen Teil des Potomac Parks mit dem westlichen Teil verbindet. Unter dem Brückenbogen ging der Fluss mit dem Wasser des Tidal Basins eine Liaison ein. Drüben, auf der anderen Seite des Ufers, erhob sich das Pentagon. Sie hatten das Jefferson Memorial schon eine Weile hinter sich gelassen. Die Klänge der Band begleiteten sie noch ein Stück des Weges, bis sie irgendwann schwächer wurden und auf der Strecke blieben. Entlang der Uferpromenade blühten Hunderte von Kirschbäumen. Die japanische Regierung hatte sie der Stadt irgendwann in den 20er Jahren geschenkt - lange vor Hiroshima und Nagasaki.

Vor dem von Leonard Baskin geschaffenen Relief von Roosevelts Beerdigung blieben sie stehen. In Granit gemeißelt war das Bild von dem auf einer Kutsche aufgebahrten Sarg, gefolgt von einer Trauergemeinde, für die Ewigkeit festgehalten. Vielleicht war es der Sarg, der beide an den Grund ihrer Verabredung erinnerte.

„Sheriff, auch wenn unser erstes Gespräch am Telefon - na, sagen wir mal - etwas stürmisch verlief, danke ich Ihnen, dass Sie gekommen sind", versuchte Walker in verbindlichem Ton den Gesprächsfaden wieder aufzunehmen.

Schleimer, dachte sich der Empfänger der Dankadresse insgeheim.

„Ich habe Sie angerufen, weil mich die Zeitungsmeldung über den Leichenfund an der Bahnstation in Harpers Ferry schockiert hat."

Harper wurde hellhörig. *Sagte er eben „schockiert?"*
Erst mal reden lassen, sprach er sich innerlich zu.

„Womit fange ich am besten an?" erhöhte Walker die Spannung.

„Erzählen Sie einfach der Reihe nach", entfuhr es Harper halb automatisch.

Von der Seite näherten sich Spaziergänger. Harper und Walker verlagerten ihren Standort hinüber zu den künstlich geschaffenen Wasserfällen. Das die Granitblöcke hinab fließende Wasser sollte den Weltfrieden symbolisieren. In diesem Fall beförderte es Walkers erneut ins Stocken geratenen Redefluss.

„Vergangene Woche, einem Freitag …", fing er an.
„Vorgestern?" fragte Harper nach.
„Nein, der Freitag davor", präzisierte Walker, „es war am Morgen des 4. April, so gegen 09.00 Uhr. Ich war gerade ins Büro gekommen, da erhielt ich einen Anruf."
„Das ist zunächst nicht außergewöhnlich", sagte Harper leicht verzweifelt. Er fragte sich mehr und mehr, was das hier werden solle.
„Ja, aber dies war kein gewöhnlicher Anruf. Keiner von der Sorte, wie sie hier täglich reinkommen …"
„Ja?"
„Da meldete sich ein Mann am Apparat, der sich als Federico Calzone vorstellte."
Harper musste sich zusammenreißen, um nicht lauthals loszuprusten. „Calzone - wie die gleichnamige Pizza?". Er musste sich kurz abwenden, um nicht die Fassung zu verlieren. Das war doch wie ein drittklassiger Film, in dem er unglücklicher Weise eine der Hauptrollen zu spielen verpflichtet worden war.
Die Dialoge dieses Drehbuchs kamen ihm mit der Zeit so aberwitzig vor, dass er hoffte, der Streifen sei bald abgedreht.
„Ja, C- A- L- Z- O- N- E. Ich musste damals beinahe

lachen, weil dies so in die gängigen Italo-Klischees passte. Das Lachen ist mir dann aber sehr schnell vergangen."

„Calzone?! Und Sie glauben, das war sein richtiger Name?"

„Ich habe auch gleich noch mal nachgefragt. Und er hat seinen Namen wiederholt."

„Hm …" rieb sich Harper das Kinn, „das muss nichts heißen. Erzählen Sie weiter."

„Dieser Calzone sagte mir, dass er dringend Senator Fulbright sprechen müsse. Ich sagte ihm, dass der Senator mehrere Tage in Detroit sei, zu diversen Gesprächen mit Vorständen aus der Automobilindustrie. Dann fragte ich ihn, ob ich ihm weiterhelfen könne. Das Angebot hat er rundweg abgelehnt."

„Und weiter?"

„Ich fragte ihn, um was es sich handele."

„Und – dann?"

„Das wollte er mir nicht sagen. Er müsse unbedingt mit dem Senator persönlich sprechen und fragte, ob ich wisse, unter welcher Nummer man ihn in Detroit erreichen könne. (Der Konjunktiv brachte Harper an den Rand der Verzweiflung.)

„Ich habe Calzone gesagt, dass ich natürlich wisse, wie man Senator Fulbright erreichen könne, dass ich aber nicht ohne weiteres seine Handy-Nummer weitergeben dürfe. Der Senator hat zwar ein Handy, aber er hasst Zeitdiebe, das heißt, er ruft von unterwegs an - zum Beispiel, wenn er irgendwo im Stau steht - aber seine Mail-Box hört er prinzipiell nicht ab. Er ist da ganz altmodisch und will Herr über seine Zeit sein, soweit ihm dies in seiner Position überhaupt noch möglich ist."

„Wie erreichen Sie ihn dann - in dringenden Fällen?"

„Er erkennt meine Rufnummer auf seinem Display. Meist ruft er aber vom Auto aus an. Bei dieser Gelegenheit bringe ich meine Themen schon unter ..."

Sheriff Harper hielt es jetzt für angebracht, den Generalangriff zu führen, als er in bester Colombo-Manier ebenso scheinbar arglos, wie nebenbei sagte:
„Sie meinten vorhin, dass Sie geschockt waren..."
„Als Calzone mich anrief?"
„Nein", stellte Harper klar, „als Sie vorhin sagten, Sie haben in der Zeitung von der Leiche in Harpers Ferry gelesen ..."
„Ich war an jenem Montag mit Calzone verabredet.
„Wie bitte? - Sie haben doch eben noch gesagt, dieser Calzone wollte den Senator sprechen?"
„Das wollte der auch. Ich habe ihm aber gesagt, dass er in den nächsten Tagen keine Chance habe, den Senator zu erreichen. Außerdem wolle der Senator vor Annahme eines Telefonats wissen, wer dran sei und um was es sich handle."
„Und da hat sich dieser Calzone aus Verzweiflung mit Ihnen getroffen?"
Walker wirkte mit einem Mal richtig niedergeschlagen. Seine Anfangs beim Jeffersons Monument zur Schau getragene Selbstsicherheit wich. Walker merkte das selbst, und das verunsicherte ihn noch mehr. Harper wiederum, machte Millimeter um Millimeter an

Boden gut und baute seine Stellung im weiteren Gesprächsverlauf aus.

Walker, du hast da einen großen Fehler gemacht! Du lädst den alten John Samuel Lee Harper nach D.C. ein, der beißt sich in den A...., dass er da auch noch hin fährt - noch dazu an einem Sonntag, zu nachtschlafender Zeit!

Aber dann, Walker, machst du einen noch größeren Fehler: Du sagst, dass dich die Zeitungsmeldung über die verdammte Leiche in Harpers Ferry „schockiert" hat. Tja, da fragt sich der alte Sheriff natürlich, warum sich dir der Tod eines völlig Unbekannten so aufs Gemüt schlägt? Das „Alu-Paket" kann dir doch eigentlich völlig egal sein. Ist es dir aber nicht, Walker! Und jetzt schau mal, wie du da wieder raus kommst! Die schönsten Fallen stellt man sich noch immer selber!

Sheriff John Samuel Lee Harper, die wandelnde Reklame für einen Breitwandfilm, dieser Fleisch gewordene Bauchladen mit seinem breit gefächerten Sortiment billiger Vorurteile, wuchs gefährlich über sich hinaus! Vor seinem geistigen Auge fand die „Nacht der langen Messer" mitten am Tag in Washington D.C. statt!

Es war eine Sternstunde für Harper: Er war zutiefst davon überzeugt, in dieser Stunde die Geschichte des amerikanischen Bürgerkrieges, der mit einer vernichtenden Niederlage für die Südstaaten endete, neu zu schreiben. Er, John Samuel Lee Harper, würde diesem traurigen Kapitel in der Geschichte seines geliebten Amerikas ein neues, ein ruhmreiches Kapitel hinzufügen!

Jetzt ist Zahltag, Freunde! High-Noon und Show-Down mitten in eurem Hauptquartier!

Wie hatten sie ihn all die Jahre gequält, *diese Milchgesichter von irgendwelchen Highschools*, die ihm etwas über die Verfassung der Vereinigten Staaten, die Bürgerrechte, die Bekämpfung der Kriminalität erzählen wollten! – Nein, Toleranz war für John Samuel Lee Harper ein absolutes Fremdwort. Er war keiner von diesen Sch.... Liberalen von der Ostküste, die mit ihren Lederköfferchen in D.C. herumliefen, um auf anderer Leute Rechnung zu leben.

Diese ganzen Schlappschwänze, die sich zum Pinkeln hinsetzen!

Nein, Freunde, jetzt werden wir euch in eurer Stadt, wo ihr im April 1865 über unsere Kapitulation triumphiert habt, die bitterste Niederlage zufügen!

„Es lebe General Robert E. Lee!"

Walker bildete sich ein, das Weiße in Harpers Augen zu sehen.

„Sheriff, geht es Ihnen gut?"

„Mir? Mir geht es gut", antwortete Harper. Gleichzeitig ärgerte er sich, dass er für einen Augenblick die Kontrolle verloren hatte. *Jetzt keine Schwäche zeigen, Harper!*

Mit unbewegtem Gesicht fuhr er fort, so als sei nichts gewesen.

„Was war mit dem Calzone?"

„Das habe ich Ihnen doch eben erzählt! Ich wollte schon den Hörer auflegen, da fing Calzone auf einmal an: Er habe da Material an der Hand, das werde den Senator sicher sehr interessieren!"

„Was für Material?"

„Das ließ er im Dunkeln. Da hat er sich absolut bedeckt gehalten. Aber es klang so, als habe er etwas Unangenehmes zu berichten. Das klang alles andere als beruhigend."

„Sie meinen, er hat etwas gegen Fulbright in der Hand?"

„Ich weiß nicht; wenn es ein Erpressungsversuch gewesen sein sollte, dann war er äußerst töricht angelegt."

„Deshalb glaube ich nicht, das Calzone sein richtiger Name ist", sagte Harper bestimmt.

„Das ist der Grund, weshalb ich Sie um ein Gespräch gebeten habe."

„Können Sie uns …", setzten drei plötzlich auf der Bildfläche auftauchende Japaner an,

„… fotografieren?" ergänzte Harper zugleich. Ehe er sich versah, hielt er auch schon einen Fotoapparat in der Hand, dann einen zweiten und dritten. Er machte kurzen Prozess und schoss die drei Japaner ab.

Die bedankten sich artig und setzten, sich mehrmals verbeugend, ihren Weg fort.

Die unerwartet über die ins Gespräch Vertieften hereinbrechende Invasion kleiner, im Rudel auftretender Japaner, vertrieb Harper und Walker vom kühlen Nass. Sie gingen weiter und reihten sich weiter vorne, in die von George Segal geschaffene Skulpturengruppe der um Brot anstehenden Menschen ein.

Diese „Hunger" genannte Gruppe, erfreut noch heute manchen Asiaten, der an jenem Apriltag dort Fotos machte. Beim Durchblättern der Fotoalben bleibt der Betrachter regelmäßig an dem Bild kleben, das eine traurige Schlange Menschen zeigt, die von sozialer Not gezeichnet ist. Einzig der schlaksige, junge Mann im grauen Flanell und der dahinter stehende Sumo-Ringer im zerbeulten Anzug mögen sich nicht so recht einpassen.

Beide versuchten, das unterbrochene Gespräch wieder fortzusetzen. Harper dachte daran, dass man in der Abgeschlossenheit seines Büros schon viel weiter wäre.

„Mr. Walker, ich frage mich die ganze Zeit, was Sie mir eigentlich sagen wollen? All das hätten Sie mir bereits am Telefon sagen können …"

„Sie waren kurz angebunden, und die eigentliche Info kommt erst noch."

„Haben Sie eigentlich Senator Fulbright von dem Anruf erzählt?"

„Nur andeutungsweise …"

„Warum?"

„Mit Latrinenparolen brauche ich ihm nicht kommen! Außerdem hatte ich null Informationen, da ich die Aussagen von Calzone in der kurzen Zeit nicht überprüfen konnte."

„Das leuchtet mir ein", gab sich Harper ungewohnt bescheiden.

„Auf einmal schien es dieser Calzone eilig zu haben. Er sagte mir, ich solle dem Senator ausrichten, alles sei nur eine Frage des Geldes … und dann habe ich ihm gesagt: Mr. Calzone, oder wie immer Sie heißen - so läuft das hier nicht. Wenn Sie etwas zu sagen haben, dann reden Sie Klartext. Für Spielchen fehlt mir jedes Verständnis. Ich habe dafür auch keine Zeit."

„Die Reaktion?"

„Dann kam das Unerwartete: Er sagte zu mir, ihm werde die ganze Sache zu heiß und ich solle am Montag nach Harpers Ferry kommen. Als Treffpunkt schlug er die Eisenbahnbrücke vor."

Sheriff John Samuel Lee Harper verschlug es nicht nur die Sprache, sondern für einen Moment auch die Atmung. *Der Tote wurde doch am Bahnsteig aufgefunden!*

Mit rotem Kopf schnappte er: „Wissen Sie, was Sie mir da erzählen? Ich bin von Gesetzes wegen gehalten, Sie darauf hinzuweisen, das alles was Sie sagen, gegen Sie verwendet werden kann!"

„Ja, und Schweigen kommt einem Schuldeingeständnis nahe", ergänzte Walker.

Er hatte sein diesbezügliches Pseudo-Wissen aus zahlreichen, vorabendlichen Krimiserien geschöpft.

„Das heißt, Sie waren zum vermeintlichen Tatzeitpunkt in Harpers Ferry?"

„Ich hatte vor, dorthin zu fahren, auch wenn ich alles andere als glücklich war, an einem Montag im Wagen zu sitzen, wo sich im Büro die Arbeit türmte. Außerdem stand die Rückkehr von Senator Fulbright vor der Tür. Da gab es noch einiges vorzubereiten."

„Haben Sie sich jetzt mit Calzone getroffen oder nicht?"

„Nein, ich musste den Senator in einer anderen Angelegenheit kurzfristig vertreten und als ich jetzt von dem Toten in Harpers Ferry las, sind bei mir alle Alarmleuchten angegangen."

„Das heißt, Sie waren nicht in Harpers Ferry?"

„Nein. Und ich habe das ungute Gefühl, dass die unweit vom Treffpunkt gefundene Leiche mit der Sache etwas zu tun hat ..."

„Dann wäre Calzone jetzt mit Blei gefüllt", bemerkte Sheriff Harper extra trocken.

„Ein fürchterlicher Gedanke ...", sagte Walker mehr zu sich selbst, ohne den ironischen Unterton gehört zu haben.

Harper nahm sich währenddessen vor, Walker wie eine Zitrone auszupressen.

Er würde Walker jetzt Daumenschrauben anlegen, *bis das Blut spritzt*, dachte er sich. In seinem Kopf hatte er sich den ganzen Instrumentenkasten an denkbaren Folterwerkzeugen für Walker schon bereit gelegt.

Als erstes brachte er diese Frage auf das Tapet:

„Und Sie haben wirklich keine Ahnung ...", legte Harper eine genüssliche Kunstpause ein,

„... von welchem Material Calzone im Zusammenhang mit Senator Fulbright gesprochen haben könnte?"

„Nein, uns ist ja nichts abhanden gekommen", antwortete Walker nachdenklich.

„Denken Sie doch mal nach: Gibt es irgendetwas, das dem Ansehen von Senator Fulbright in der Öffentlichkeit schaden könnte - wenn es öffentlich würde?"

„Ich wüsste nicht, was das sein sollte."

Walker machte augenblicklich weder eine gute Figur noch besondere Anstalten, zur Wahrheitsfindung entscheidend beizutragen.

„ Mr. Walker - jetzt denken Sie doch einmal nach! Welche geheimen Vorlieben hat Senator Fulbright - schnieft er Koks, geht er in den Puff oder ist er am Ende gar schwul?"

„Was erlauben Sie sich, Sheriff?! Das ist doch ungeheuerlich! Wie kommen Sie als Vertreter des Gesetzes dazu, einen Senator in dieser unglaublichen Art und Weise zu beleidigen? Sie wissen wohl nicht, welches große Ansehen Senator Fulbright in Washington genießt? Und da erdreisten Sie sich, ihn in einem Atemzug als Drogensüchtigen, Ehebrecher und Homosexuellen zu bezeichnen?!"

Walker konnte sich nicht mehr beruhigen. Er steigerte sich in seine Empörung hinein, wie ein Bohrer, der sich in einer dicken Holzbohle verzogen hat.

„Das ist doch eine Unverschämtheit! So etwas habe ich in meinem ganzen Leben noch nicht erlebt - einfach ungeheuerlich - eine Frechheit ist das! Das wird ernste Konsequenzen für Sie haben! Sie können morgen ihre Koffer packen - das können Sie!"

Harper ließ sich von dieser emotionalen Wucht nicht im Mindesten beeindrucken. Im Gegenteil! Ohne mit der Wimper zu zucken, packte er Walker im Geiste mit einer glühenden Zange: „Ihr Senator hat immerhin einen guten Ruf zu verlieren! Was glauben Sie denn, warum Calzone genau an dieser Stelle ansetzt? Ich kann es Ihnen sagen, Mr. Walker! Weil es irgendeinen schwarzen Fleck auf der ach so weißen Weste Ihres Senators geben muss!"

„Sie sind doch völlig übergeschnappt, Sheriff!"

„Mich können Sie nicht beleidigen Walker - das merken Sie sich - SIE NICHT!" Nun war auch Harper laut geworden, was eine Busladung Sonntagsausflügler veranlasste, einen Moment inne zu halten.

Beide drehten die Phonzahl merklich zurück.

„Mr. Walker, ich mache das doch hier nicht das erste Mal! Für wie blöd halten Sie mich denn? - Meinen Sie, Calzone ruft da so einfach an, ohne dass er etwas gegen Fulbright in der Hand hätte? Das eine sage ich Ihnen, so wahr ich John Samuel Lee Harper heiße - da gibt es entweder Fotos, Tonbandmitschnitte oder am Ende vielleicht noch mega-scharfe Videos! Da werden Sie und Ihr Senator sich noch umschauen!"

In diesem Moment schaute sich nur ein zufällig vorbei kommendes Ehepaar um.

„Und wenn uns Calzone nur Material über den politischen Gegner andienen wollte?

Was wäre dann? Und überhaupt: Wer sagt Ihnen denn, das der Tote auf den Namen Calzone hört?"

„Wenn der Tote zu Lebzeiten jemals auf diesen Namen gehört haben sollte, dann hört er jetzt mit Sicherheit nicht mehr darauf!"

„Ach, hören Sie doch endlich auf, Harper! Es ist einfach nicht mehr auszuhalten!"

„Wer hat mich denn hierher gelockt?

Wer hat denn gesagt, dass er interessante Informationen für mich hat?

Wer hat denn gesagt, dass er im Auftrag von Senator Fulbright anruft?

Wer war denn schockiert, als er von der Leiche in Harpers Ferry gelesen hatte?

Wer hat denn einen Termin mit Calzone vereinbart?

Wer hat denn da eventuell kein Alibi für den Tatzeitpunkt?

Etwas viel Fragen, Walker, und kaum Antworten!"

Walker reichte es. Er hatte genug. Er machte seinem Namen alle Ehre und ging.

Der Tote

Charles Town, West Virginia,
Montag, 14. April;

Harper konnte sich wahnsinnig aufregen. Heute ärgerte er sich über sich selbst. Das war eine vollkommen ungewohnte Übung für ihn. Er hatte sich das alles so schön zurechtgelegt, wollte Walker systematisch einkreisen und aus diesem verstockten Yankee die Wahrheit und nichts als die Wahrheit herausprügeln! Und dann waren bei ihm wieder einmal alle Sicherungen durchgebrannt! Er könnte sich in den Hintern treten - Anatomie hin oder her! Wie hatte er ihn doch in die Enge getrieben, diesen arroganten Walker, dieses Weich-Ei! Und dann glitt der ihm einfach durch die Finger, wie ein glitschiger Aal!

Die Windschutzscheibe des Wagens durfte sich wieder einiges anhören, hielt sich aber vornehm zurück und bewahrte Haltung. Längst hatte sie sich mit ihrem Schicksal abgefunden, als gläserne Klagewand für diesen Psychopathen herhalten zu müssen.

Ihre Vorgängerin hatte eines Tages die Fassung verloren und war bei passender Gelegenheit infolge eines Auffahr-Unfalls auf einer belebten Kreuzung im Zentrum von Lynchburg kurzerhand aus dem Wagen gesprungen. Keine schönen Aussichten! Dafür ließ Scheibe Nr. II Harpers verbalen Sturzbach nicht zitierfähiger Fäkalausdrücke eiskalt an sich herunterlaufen.

Und so kam es, dass Harpers Flüche auf ihren unseligen Eigentümer und dessen geistiges Urheberrecht zurückfielen.

Harper nahm von alledem keine Notiz. Es stank ihm gewaltig, dass er auf halber Strecke des von ihm gewählten Ermittlungsweges wenden musste.

Dabei war endlich Bewegung in den Fall gekommen! Fast war es für einen Moment so, als habe sich der für Harpers normalen Aktionsradius total verrückte Ausflug nach D.C. gelohnt. – Auch wenn noch nicht feststand, um wen es sich bei dem Toten vom Bahnsteig handelte, schien eines gesichert: Walker hatte Kontakt zu dem ominösen Mr. Calzone gehabt. Derweil lag der von einer Revolverkugel getroffene, leichenstarre Körper des aufgefundenen Unbekannten in einem dunklen Kühlfach der Anatomie. In dem auf seinem Schreibtisch liegenden Autopsiebericht würde der Sheriff später lesen können, dass der Eintritt des Projektils durch Sinus frontalis, die Stirnbeinhöhle, erfolgt war, die vordere Schädelgrube (Fossa cranii anterior) durchschlagen und auf Höhe der Hinterhauptschuppe (Squama occipitalis) eine kinder-faustgroße Austrittswunde hinterlassen hatte. Sollte es sich bei dem Leichnam tatsächlich um die tote Hülle dieses Calzone handeln, wäre Harper einen entscheidenden Schritt weiter. Die Identifizierung des bislang Unbekannten würde die Erstellung eines Bewegungsprofils der letzten Stunden erheblich erleichtern.

Dieses könnte Aufschluss darüber geben, ob es - wie von Walker behauptet - bei einem bloßen Telefonkontakt zwischen beiden geblieben oder ob es zu einem

Zusammentreffen am Bahnhof von Harpers Ferry gekommen war. Für diesen Fall wäre der Zug für Walker in Richtung Staatsgefängnis von West Virginia noch nicht abgefahren. Um sicher zu gehen, reservierte ihm der Sheriff vorsorglich ein von außen verschließbares Einzelabteil.

Als Harper das Jefferson County Sheriff's Office in Charles Town betrat, erwartete ihn Malvern bereits ungeduldig: „Es gibt Neuigkeiten, Chef!"

Harper fiel auf, dass Malvern sich im Laufe seiner Dienstjahre mehrfach gehäutet hatte. Der Sheriff konnte sich noch gut daran erinnern, wie Malvern damals in Harpers Dienststelle versetzt worden war: Ein schüchterner, junger Mann, der zum Selbstschutz stets eine geballte Ladung übertriebener Konventionen vor sich hertrug. Dahinter verschanzte sich das Greenhorn in den Anfangsjahren bis zur Unkenntlichkeit und erfüllte in seiner Unauffälligkeit das Anforderungsprofil für einen verdeckten Ermittler.

„Bob Undercover" hatten ihn die Kollegen vom Revier jedes Mal mit lautem „Hallo!" begrüßt, wenn er - bevorzugt mit dem Rücken zur Wand - wie ein Schatten durch die Kantine huschte. In den Folgejahren stand Malvern ganz im Schatten von S.L. Harper, dessen Raum füllende Präsenz einfach alles in den Schatten stellte, was sich eben noch im Tageslicht meinte sonnen zu müssen. Auch Harper war nicht stehen geblieben. Mit jeder Wiederwahl gewann er in den Augen der Bevölkerung an Gewicht. Die Wählerinnen und Wähler dankten es ihm, dass er zur Wahrung von Recht und Ordnung sein ganzes Gewicht in die Waagschale warf. Man konnte fragen, wen man wollte: Alle waren sie der Meinung, dass John Samuel Lee Harper sich in allen Lebenslagen voll einbrachte. Dies galt selbst nach Dienstschluss. Wenn er nach Verlassen des Büros bei „Harrys" um die Ecke ein spätes Frühstück bestellte, herrschte dort augenblicklich Verdunklungsgefahr. An Harper kam so schnell keiner vorbei.

Auch Malvern macht sich Stück für Stück hier breit und wuchs dabei förmlich über sich hinaus. Eines schönen Tages hatte er den ganzen Ballast an überflüssigen Umgangsformen über Bord geworfen und legte im Bewusstsein eigener Unkündbarkeit zunehmend eine gewisse Lässigkeit an den Tag. Anfänglich meinte S.L. Harper, in dieser Verhaltensänderung Malverns eine gewisse Opposition zu erkennen. Aber es war das gesunde Selbstbewusstsein eines Mitarbeiters, der an anfänglichen Niederlagen gewachsen war und sich in langen Dienstjahren durchgebissen hatte. Harper förderte dies, wo er nur konnte und gab Malvern stets die schwierigsten Aufgaben zu Kauen.

Jetzt kaute Malvern auf dem Mundstück seiner Pfeife herum, blinzelte vergnügt in die Welt und stieß kleine Rauchwölkchen zur Zimmerdecke. Harper, ungeübt im Lesen von Rauchzeichen, wusste diese Form der Nachrichten-Übermittlung nicht zu deuten. Er ließ sich in seinem Bürostuhl nieder und zog eine leicht mitgenommene Virginia aus der Brusttasche seines Hemdes. Beim Anzünden bemerkte er, dass sie wohl irgendwo feucht geworden war. Harper stierte mit leerem Blick auf den leeren Platz am leeren Fensterbrett, wo sich vor sechs Tagen sein Aquarium über ihm entleert hatte. Harpers Zigarre war mit von der Partie gewesen. In den Qualm hinein fragte er plötzlich:

„Wo sind die Zwergwelse?" Der drohende Unterton war unüberhörbar.

„In besten Händen", beeilte sich Malvern zu versichern.

„Was heißt hier Hände? Die müssen um Himmels willen ins Wasser!"

„Ich dachte, das sind Lungenfische?", provozierte Malvern augenzwinkernd.

„Sie sticht wohl der Hafer, Malvern? Was habt ihr mit meinen Fischen gemacht?"

„Die sind unten in der Kantine."

„Was - habt ihr noch alle Tassen im Schrank?!"

„Inventur ist erst am Jahresende, Chef."

„Lassen Sie Ihre dummen Späße. Ich will wissen, was ihr mit meinen Fischen gemacht habt!"

„Ich habe es doch schon gesagt - die sind in der Kantine - (Pause) - im Aquarium. Irgendwo mussten wir die Kerle ja unterbringen. Ihr Glaskasten ist im Rahmen des Versicherungsfalls aktenkundig geworden. Außerdem dachten wir, dass sie einen größeren Kasten für die dicken Fische aus D.C. mitbringen."

Harper beruhigte sich wieder. Er wechselte den Ton, klang beinahe jovial. Allein die Virginia schien noch etwas geknickt.

„Na, spucken Sie endlich aus, Bob! Was liegt an?"

„Die Kollegen vom Police-Department in Harpers

Ferry haben vorhin angerufen. Bei denen hat sich ein gewisser Fred Tucker aus Frederick gemeldet. Der ist Eisenbahner, Lokführer von Beruf ..."

„Wollte ich auch immer werden ..."

„... der fährt die Strecke Berkeley Springs nach Baltimore, Maryland, mit seinem Güterzug rauf und runter. Und jetzt halten Sie sich fest, Chef - der hatte zufällig am 7. April Dienst."

„Wahnsinn - ich auch!"

Harper war von diesem Zufall ganz begeistert.

Vergnügt schlug er sich mit der Rechten auf den Oberschenkel.

Eine zufällig dort sitzende Polizei-Stubenfliege hauchte vorzeitig ihr Fliegenleben aus.

„Der 7. April war Montag."

„Kombiniere, Watson, dann war Dienstag der achte", belustigte sich Harper.

Die offenbar geglückte Umsiedlung der Zwergwelse gab ihm mächtig Auftrieb. Er fühlte sich wie ein Fisch im Wasser. Und seit vorgestern hatte er wegen des zerborstenen Aquariums zu allem Überfluss die Erfahrung gemacht, wie nass sich Wasser anfühlt.

Der Dicke muss ja einiges in D.C. erlebt haben, dachte Malvern, während er in die Glut seines gemütlich vor sich hin kräuselnden Tabaks stierte.

„Ja, Bob, was ist denn mit Ihnen? Muss ich Ihnen denn jeden Popel aus der Nase ziehen?"

„Nein, nicht nötig, Chef," antwortet Malvern und schnipste eben mal einen solchen in die Gesellschaft der ausgetrockneten Topfpflanze.

„Sie sind ein Freund der Flora?"

Harper war die schnippische Reaktion Malverns keineswegs entgangen.

„Wie kommen Sie denn darauf?"

„Ich bin nicht wirklich davon überzeugt, so mickrig wie meine Pflanzen hier ausschauen", stellte Harper aus innerster Überzeugung fest.

Malvern verstand nur Bahnhof. Er stand gerade intellektuell auf dem Bahnsteig, wie bestellt und nicht abgeholt. Da kam Harper und holte ihn in die triste Wirklichkeit seines Büros zurück.

„Mensch, Bob, Sie stehen hier rum wie bestellt und nicht abgeholt und gucken mir Löcher in die Decke! - Jetzt spucken Sie endlich aus, was Sie zu sagen haben. - Also, noch ein Mal von vorne: Wie war das mit diesem Eisenbahner, diesem Tucker?"

„Wie ich Ihnen schon sagte, Chef: Dieser Fred Tucker hatte am 7. April Dienst."

„Das war Montag."

„Exakt. Und da fuhr er seinen Güterzug von Baltimore nach Berkeley Springs …"

„Moment mal, Bob, die Strecke führt doch über Harpers Ferry! - Weiter, erzählen Sie, machen Sie schon!"

„Auf jeden Fall kommt Tucker, mit seinem Güterzug auch durch Harpers Ferry - geradewegs vorbei an der alten Bahnstation."

„Mensch, wann war das?" Den Sheriff hielt es nicht länger auf dem durchgesessenen Sitzpolster seines Drehstuhls.

„Wir stellen das gerade fest. Jedenfalls muss Tucker nach der Brücke wegen der langgezogenen Rechtskurve des Streckenabschnitts das Tempo drosseln. Und da schaut er aus dem Fenster seines Führerstands und sieht unseren Toten."

„Der war schon tot?" Harper war wie elektrisiert. Eine solche Zeugenaussage war wie ein Gratis-Ticket für die Rolle rückwärts mit der Zeitmaschine!

„Jetzt passen Sie auf, Chef", verstieg sich Malvern, „als er da aus seiner Lok raus schaut, da sieht er auf dem Bahnsteig einen einzelnen Mann mit dunklem Mantel und Sonnenbrille!"

Malvern steckte sich in seiner Begeisterung selbst an. Auch Harper ließ sich anstecken. Sie hielten den Faden der Ariadne in der Hand. Der sollte ihnen den Weg aus dem Labyrinth dieses Mordfalls weisen. Noch wussten sie nichts von ihrem Glück. Weder kannten sie die griechische Mythologie, noch konnten sie dieses Wort aussprechen.

Von einer ARIADNE hatten sie erst recht nichts gehört. Hätte man sie gefragt, hätten sie angenommen, dass es sich dabei mit hoher Wahrscheinlichkeit um ein neues Weltraumprogramm der NASA handelt. Im Moment jedenfalls, waren sie vollauf damit beschäftigt, den Faden ihrer Ermittlungen aufzunehmen und an der Lösung des Falls weiter zu stricken.

„Und jetzt kommt's: Der Zeuge kann es zwar nicht mit letzter Sicherheit bestätigen, aber er bildet sich ein, einen Mann mit Trenchcoat und Hut gesehen zu haben. Der kam gerade in dem Moment aus der Bahnunterführung, als Tucker dort vorbeifuhr."

Harper wischte sich mit dem Handrücken die Schweißperlen von der fettigen Stirn. Ihm erging es in dieser Minute nicht anders als dem Augenzeugen Fred Tucker vor einer knappen Woche. Er, der eben noch Glückshormone ausschüttete, fühlte sich mit einem Mal sichtlich unwohl in seiner Haut. Aus ihr wollte er raus. Sie tat ihm den Gefallen nicht. Sie hatte genug damit zu tun, Harpers Fettdepots zusammenzuhalten. Mehr konnte er im Augenblick nicht von ihr verlangen, und mehr konnte sie nicht für ihn tun.

Harper kam sich seit Tagen vor wie im Film. Aber er hatte keine Ahnung vom Drehbuch. Wie sollte er auch? Er hatte es weder geschrieben, noch gelesen. Aus ihm sprudelten Texte, die er nie zuvor gelernt hatte. Er gebrauchte Worte, die ihm eigenartig fremd waren. Er hangelte sich improvisierend durch den Alltag eines Sheriffs, ohne zu wissen, was die nächste Einstellung ihm abverlangte. Er stolperte von Drehort zu Drehort, hechelte von Schauplatz zu Schauplatz, bis wieder eine Szene im Kasten war. Es war alles eine Frage der inneren Einstellung, aber das hier ging ihm mächtig an die Nieren:

Es ist kalt. Von den Bergen weht ein eisiger Wind. Harper schlägt den Kragen seines Mantels hoch. Er schaut sich um und findet sich auf einem leeren Bahnsteig wieder. Es zieht wie Hechtsuppe.

Die Szene, die er jetzt spielt, ist in diffuses Licht getaucht. Von Ferne, jenseits des Tunnels, hört er das Signalhorn eines herannahenden Zuges.

Er ist allein. Auf einem alten Schild über ihm ist zu lesen:

WARNING - Crossing of tracks is prohibited - use subway!

Jetzt erst nimmt er von dem Mann Notiz, der zwei, drei Meter links von ihm steht. Der Fremde dreht sich um. Er trägt einen schwarzen Wollmantel, vermutlich Kaschmir. Der Mann mag an die 1.70 m groß sein und ist von schmächtiger Natur. Sein dünnes, schwarzes Haar gibt den Blick auf ein blasses, ausdrucksloses Gesicht frei, das sich vor dem Zwielicht mit einer Sonnenbrille schützt. Flaschengrünes Glas!

Jetzt setzt er sich auf die lange Holzbank, wo Harper vorhin in einer zwei Tage alten Ausgabe der Washington-Post geblättert hatte. Die Zeitung liegt noch genau an der Stelle, wo Harper sie hat liegen lassen.

Während ein Güterzug durchfährt, meint Harper eine Bewegung hinter sich wahrzunehmen. Im Vorübergehen streift ihn der Trenchcoat eines Mannes, der ihm den Rücken zukehrt. Harper kann das Gesicht des Mannes nicht erkennen. Die quietschenden Bremsen des Güterzuges machen einen ohrenbetäubenden Lärm.

Der Typ im Trenchcoat kündigt dem Kerl von der Bank gerade den Kredit. Er verzichtet auf große Formalitäten. Er hat genug Sicherheiten. Seine größte Sicherheit ist die Knarre, mit der er dem Kaschmir-Mantel ein Loch in den Schädel stanzt.

Der Trenchcoat dreht sich um und richtet seine Zimmerflak auf Harper. Der verliert sicherheitshalber den Boden unter den Füßen und hebt ab ...

Als Harper wieder auf den Boden der Tatsachen zurück kam, fühlte er sich ausgebrannt. Er hatte Durst.

Er brauchte dringend etwas zu Trinken. Dieser Fall laugte ihn aus. Die Wachträume nahmen zu.

Bob Malvern klopfte seine erloschene Pfeife am Absatz seines linken Schuhes aus und blickte dabei S.L. in einer Mischung aus Nachdenklichkeit und aufrichtiger Besorgnis an.

Harpers Virginia war erloschen. Dem Sheriff kam es vor, als habe er seinen letzten Funken Verstand eingebüßt.

Harper hatte ein schlechtes Namensgedächtnis. Das kam womöglich daher, dass er nur in seltenen Fällen auf andere hörte. Am liebsten redete er mit sich selbst. Für die Anderen hielt er Direktiven bereit. Die konnten sie Schwarz auf Weiß nach Hause tragen, um dort weiterzuarbeiten. Aber er hatte ein phänomenales Gedächtnis, wenn es optische Eindrücke zu speichern galt! Was er gerade wie in Trance vor Augen hatte, war eine Mixtur, bestehend aus Fakten und Vermutungen. Er musste die Geister scheiden, sonst würden sie ihn noch im Schlaf verfolgen. Und an Schlaf war in letzter Zeit für ihn kaum zu denken. Er war einfach überarbeitet.

In Sheriff John Samuel Lee Harpers Leben häuften sich die Momente, die er bereits erlebt zu haben glaubte. Die Grenzen zwischen Bewusstsein und Unterbewusstem waren durchlässig. Es waren Déjà-vu-Erlebnisse von dieser Art, die ihn zunehmend an seinem Verstand zweifeln ließen.

Der Horizont löste sich in blauem Dunst auf.

Ihm war, als ob er mit Sonnenbrille und Blindenstock im Frühjahrsnebel auf einem dünnen, schwankenden Drahtseil balancierte. Tief unter sich ahnte er die vereinten Wassermassen von Potomac und Shenandoah; über sich vermutete er schwarze, schräge Vögel, die jeden Moment zur ersten Angriffswelle ausschwärmten. In seiner lebhaften Phantasie trugen die Galgenvögel die Familiennamen derer, die Sheriff John Samuel Lee Harper im Verlauf seiner bisher zurückgelegten Amtszeit hinter Schloss und Riegel gebracht hatte.

Harper wurde es schwindlig. Malvern konnte ihm gerade noch die Sitzfläche des Chefsessels unterjubeln.

Bob Malvern telefonierte wiederholt mit Donald Buracker, dem Chef des Polizei-Departments, um sich auf den neuesten Stand der Zeugeneinvernahme von Fred Tucker bringen zu lassen. Der Ärmste musste die kurze Sequenz, die er mitbekommen hatte, in Überlänge zu Protokoll geben. Da Tucker im Bundesstaat Maryland gelegenen Frederick lebte, wurde er von den territorial zuständigen Kollegen vernommen. Das waren die Momente, in denen Malvern regelmäßig an den Rand der Verzweiflung gelangte. Das ständige Zuständigkeitsgerangel der röhrenden Platzhirsche, die für gewöhnlich den Bast ihrer wechselseitigen Kompetenz-Ansprüche an ihren Geweihen spazieren trugen, nervte ihn gehörig. Das Nebeneinander der verschiedensten Einheiten, von den zivilen und militärischen Nachrichten-Diensten in deren Geheimhaltungs-Interesse ganz zu schweigen, ging ihm unter die Haut und förderte Malverns Schuppenflechte. Die überbordende Bürokratie und deren wild wuchernde Metastasen ständig neuer Verordnungen und Dienstvorschriften, machten ihn krank. Es ging – bildlich gesprochen – ganz schön in die Arme, wenn man, wie er, jeden Tag die Ideale der amerikanischen Verfassung hochzuhalten hatte, da sie andernfalls unter den Verwaltungsvorschriften zu versinken drohten. In seinen gelegentlichen Allmachts-Phantasien ritt er, hoch zu Ross, als leibhaftiger US-Marshal durch die Staaten, ausgestattet mit allen nötigen Sondervollmachten, die er in den beiden prall gefüllten Satteltaschen mit sich führte.

Am Nachmittag überschlugen sich die Ereignisse.

Nachdem vor einer Woche die Personalien aller Fahrzeuginhaber jener vor der Bahnstation abgestellten Autos festgestellt worden waren, hatte sich der Parkplatz auf dem Hügel völlig geleert. Zurück blieb die Frage, wie Opfer und Täter dorthin gelangt waren. In einer mittleren Staatsaktion wurden – von den jeweils zuständigen Polizeidienststellen - die Auto-Vermietungen im Großraum Washington D.C. und der an West Virginia angrenzenden Nachbarstaaten Virginia, Maryland, Pennsylvania, Ohio und Kentucky einer Überprüfung unterzogen. Sicherheitshalber bezogen die mit der Sache befassten Beamten später noch Tennessee und North-Carolina ein.

Bob Malvern dachte gerade darüber nach, was denn wäre, wenn der ermordete Mr. X den Wagen in Delaware, New Jersey oder gar New York-City angemietet hatte – an Bundesstaaten herrschte ja kein Mangel.

Auch Bahnreisen erfreuten sich wieder zunehmender Beliebtheit. Aber das führte alles zu weit! Letztlich konnte sich Malvern den Durchschnittsamerikaner nur mit fahrbarem Untersatz vorstellen. Wenn der Tote Calzone und obendrein italienischer Staatsbürger war, sprach einiges für die Leihwagen-Theorie. Genauso gut kann – beziehungsweise konnte – ein Mann dieses Namens auch Mitglied einer weit verzweigten Mafia-Familie mit Ableger in den Staaten und im Besitz der amerikanischen Staatsbürgerschaft sein. Das wiederum sprach für das privateigene Kfz. Beide Varianten bargen ein Rätsel:

Wo, ums Verrecken, war die Karre abgeblieben?!

Während sich Malvern über diese und andere Fragen seinen Kopf zerbrach, kam ein Anruf rein.

„Malvern ..."

„Hallo, Duke hier!"

„Oh Gott!"

„Jetzt übertreib mal nicht!"

Duke und Malvern kannten sich seit ihrer gemeinsamen Zeit bei der Polizeischule. Sie hatten die einzelnen Stationen der Ausbildung gemeinsam durchlaufen, manchmal auch durchlitten. Geblieben war eine in sporadischen Intervallen gepflegte Männerfreundschaft. Beide wussten, dass sie sich aufeinander verlassen konnten. Sie dachten ganz ähnlich und waren jederzeit in der Lage, einen vor Monaten gesprochenen Halbsatz - inhaltlich korrekt und grammatikalisch richtig - nach dem Komma zu vollenden.

„Ich dachte schon, du bist verstorben!"

„Denkste, Süßer, du hast noch Schulden bei mir!"

„Das letzte Hemd hat keine Taschen."

„Richtig. Aber das Kleid meiner zurückbleibenden Frau!"

„Das kannst du Conny doch nicht antun!"

„Denk auch nicht im Traum dran, Bob!"

„Bei der Frau ..."

„Finger weg! Lass uns lieber übers Geld reden," war unter Kichern vom anderen Ende der Leitung zu vernehmen.

„Was für Schulden?" Malvern stellte sich dumm.

„Denk an die Pokerrunde der letzten Fortbildung!"

„Ich kann mich gar nicht mehr erinnern, wann ich das letzte Mal auf einer Fortbildung war", heuchelte Malvern mit dem größten Vergnügen.

„Alter Saftsack!"

„Das A L T nimmst du zurück!"

„Ich will erst Geld sehen!"

„Du denkst auch immer nur an das EINE!"

Malvern lachte und hielt einen Dollarschein an den Hörer.

„Siehst du was?"

„Was soll ich denn sehen? Es reicht schon, dich zu hören, Bob!"

(Schallendes Gelächter vom anderen Ende!)

„Ich dachte, du wolltest endlich Geld sehen!"

„Was für'n Geld?"

„Sag ich doch die ganze Zeit – Geld macht nicht glücklich!"

„Vor allem, wenn man's nicht hat", klang es vom anderen Ende illusionslos.

„Deshalb lass uns von was anderem reden. – Was kann ich gegen dich unternehmen, Duke?"

Malvern lachte genüsslich und erntete zum Dank Dukes schmutziges Gelächter.

„Ratte! – Bevor du was gegen mich unternimmst, tue ich was **für** dich!"

„Willst du mir drohen oder bist du in eine Wohlfahrtsorganisation eingetreten?"

Malvern war ein Spezialist für scheinbar beiläufig gestellte Fragen, die er stets mit einer Prise Ironie nachwürzte.

Duke war für solche Dosierungen äußerst empfänglich. Malvern und er waren schon während des Studiums an der Polizei-Akademie als „Verbal-Junkies" verschrien. Ihre Schlagfertigkeit war legendär. Da gab ein Wort das andere.

Wie Tennis-Cracks im Davis-Cup-Finale gingen sie ans Netz, nahmen den Ball des anderen auf und schlugen ihn wortreich ins gegnerische Feld zurück.

Weil nach diesem Vorspann nicht anders zu erwarten, nahm Duke tatsächlich den Ball seines Freundes Malvern auf:

„Was heißt hier Wohlfahrtsorganisation? Es reicht schon, dass ich in den Polizeidienst eingetreten bin!"

„Ich glaube, dein Chef sieht das genauso – ha, ha, ha!"

Duke merkte, dass er einen Punkt vergab. Eine passende Antwort lag ihm bereits auf der Zunge. Doch er musste zur Sache kommen und so wechselte er in aller Freundschaft mit der Tonlage auch das Thema.

„Scherz beiseite! – Es wird dich interessieren, dass die von uns im vereinbarten Radius in den vergangenen Tagen überprüften Verleihfirmen neben diversen Blech- und einigen Totalschäden auch größere Verluste hatten ..."

„Was kommt denn bei dir nach dem Totalschaden?"

„Die Schrottpresse. – Nein, im Ernst: Am Donnerstag, den 27. März, hat sich einer am Kennedy-Airport für 14 Tage einen Wagen gemietet."

„Wow!"

„Hör auf zu bellen! Der Wagen wurde nicht zurückgebracht."

„Gestohlen?"

„Wir überprüfen das gerade. Aber vielleicht interessiert deinen Chef der Name des Kunden?"

„Geht's genauer?"

„Sagt euch der Name Calzone, Federico was?"

„Sag das noch mal!"

„Hörst du schlecht? – C-A-L-Z-O-N-E – wie die Pizza!"

CALZONE, Federico, geboren am 5. Mai 1947 in New York, war eines von vier Kindern einer in den 30er Jahren in die Staaten ausgewanderten Familie. Die Eltern waren ursprünglich Neapolitaner. Das Ehepaar Calzone hatte Neapel gesehen und wollte dennoch dort nicht sterben.

Die Calzones fassten in der Neuen Welt leidlich Fuß

und verdankten es dem in der Bronx anfänglich in Ehren gehaltenen Familiensinn der Nachbarschaft, dass sie gerade so über die Runden kamen. Die Mutter betrieb in der kleinen, in Melrose, Nähe East River gelegenen Zwei-Zimmerwohnung eine Änderungsschneiderei. Ihr Gatte schlug sich als tagelöhnender Gelegenheitsarbeiter an den Docks durch. Es langte kaum zum Leben. An einem grauen Novembertag war der Vater nicht von der Arbeit nach Hause zurückgekehrt. Frau und Kinder hatten ihn nie wieder gesehen. Der älteste Bruder starb in den 50er Jahren infolge einer Schießerei. Die beiden Schwestern unterstützten die Mutter, so gut sie konnten. Ihr kleiner Bruder Federico trainierte seine Fäuste für den entscheidenden Titelkampf ums Überleben in unzähligen Schlägereien auf schmutzigen Hinterhöfen. Er verließ die Schule bei der nächstbesten Gelegenheit und erledigte als Laufbursche Kurierdienste für verschiedene Auftraggeber. Mit der Zeit kam er mit dem Gesetz in Konflikt. Zum Leidwesen der drei Damen im Hause Calzone wurde diese Entwicklung durch das damalige Umfeld Federicos nicht unwesentlich beeinflusst. Illegale Spielhöllen waren Federico Calzones bevorzugter Aufenthaltsort. Frühzeitig lernte er, sich nach Möglichkeit nicht in die Karten sehen zu lassen. Er tat sein Übriges, in dem er das alles entscheidende Blatt stets „ex ärmelo" spielte. Irgendwann, in den späten 60er Jahren, verlor sich seine Spur. Er war wie von der Bildfläche verschwunden. Lange Zeit meinten seine Jungs, er sei irgendwo aufgemischt worden – Berufsrisiko für Falschspieler.

Jetzt war er offenbar wieder voll dabei. Gerade

rechtzeitig, um sich auf einem zugigen Bahnsteig von einem Spielverderber im Trenchcoat und Filzhut ein Pik Ass in die Stirn tätowieren zu lassen.

Aber vorerst waren die polizeilichen Ermittlungen noch nicht zu dieser Erkenntnis gelangt. In der Tat sprach einiges dafür. Die Scouts von der Spurensicherung erwarteten sich letzte Sicherheit von jenen Fingerabdrücken, die Calzone der Nachwelt an seinem letzten Wohnsitz in Hülle und Fülle hinterlassen hatte. Der Abgleich mit den gesicherten Prints der Leiche war dann reine Routine.

Calzone hatte sich bei Anmietung des Wagens mit seinem Führerschein ausgewiesen. Mit Melderegistern ist das in den USA aber so eine Sache. „Eine verflixte Sache", wie Malvern im Verlauf der Ermittlungen einmal resignierend feststellte.

Im Moment hatte der eben zitierte Deputy seine Füße auf den Schreibtisch gelegt, während die Raumpflegerin die von Malvern hinterlassenen Spuren verwischte. Die Dame gehörte ganz eindeutig nicht zur Spurensicherung.

„Kann ich wieder?"

„Ich hoffe", antwortete die Frau schnippisch.

Malvern schenkte ihr unter hochgezogenen Augenbrauen einen endlos gelangweilten Blick. Ab heute stand die Dame unter Beobachtung durch das Auge des Gesetzes.

Da kam der erlösende Anruf: Calzone wohnte vor seinem überraschenden Ableben in Brooklyn auf Long Island. Weit war er also nicht gekommen, nicht wesentlich weiter als an das andere Ufer des East River. Die Zeit, die Calzone zum anderen Ufer gebraucht hatte, war von „BIG APPLE", dem Millionendorf, großzügig geschluckt worden. Das tat jetzt auch nichts mehr zu Sache, denn Calzone war nun zeitlos. Wie sich im Verlauf des Telefonats noch herausstellte, arbeitete Calzone bis zu jenem Termin in Harpers Ferry als so genannter „Privatdetektiv". Malverns Berufsehre ließ nichts anderes zu, als diese Berufsbezeichnung ständig in Anführungs- und Schlusszeichen zu denken. Tatsächlich verdiente Calzone seine Kröten als eine Art Paparazzo für irgendwelche chlorgebleichten Blätter. Malvern stellte sich gerade die Visitenkarte vor:

Federico Calzone – SCHNÜFFLER – Brooklyn.

Er brach die Vorstellung ab, als Harper seinen Astralkörper in das Büro schob.

„Dieser Calzone wurde seit Tagen nicht mehr in N. Y. gesehen", begrüßte ihn Malvern.

„Wie auch, wenn der hier auf dem Bahnsteig rumliegt!"

„Vorausgesetzt, das ist unser Mann …", wandte Malvern sachte ein.

„Wenn uns die Kollegen aus N.Y. endlich die Daten aus seiner Brooklyner Wohnung übermittelten, wären wir ein gewaltiges Stück weiter!"

Der Kopf eines Deputies schaute zur Tür herein:

„Neuigkeiten aus Harpers Ferry – die haben den Mietwagen!"

Haper fuhr wie von der Tarantel gestochen herum.

„Sag bloß, der stand die ganze Zeit in Harpers Ferry in der Landschaft?"

„Jetzt, wo wir wissen, dass Calzone einen Wagen am Flughafen in D.C. gemietet hat, wissen wir auch, wonach wir suchen ..."

„... nach der berühmten Stecknadel im Heuhaufen", ergänzte Malvern.

„Ja, die Stecknadel ist grün und hat die Form eines Honda Civic", trumpfte der Hilfssheriff auf, um hinzuzufügen: „Buracker vom dortigen Department hat die Meldung eben bestätigt."

„Ohne, dass der was bestätigt, geht da sowieso nichts raus", lästerte Malvern.

Harpers Jagdfieber war wieder erwacht. Er hatte schon etwas Temperatur.

„Wo, zum Teufel, stand denn die Karre die ganze Zeit?"

„Im oberen Ortsteil, am anderen Ende der Shenandoah Street", antwortete der Deputy betont sachlich.

Der Sheriff, zu dessen Gaben die Geduld so gar nicht zählte, wollte es schneller und vor allem genauer wissen:

„Wie kommt denn der Wagen da rauf, wenn der Fahrer mit einem Loch im Kopf am Bahnsteig liegt?"

„Der ist entweder zu Fuß den Berg hinunter", dachte Malvern laut.

„Vermutlich wollte er auf der Zielgeraden noch Benzin sparen", unterbrach Harper unsachlich.

„... oder der, vielleicht auch die Täter haben den Wagen da rauf gefahren und sind mit ihrem Wagen weg," fuhr Malvern ungerührt fort.

„Da graben wir das halbe Gelände um, um diesen verdammten Wagen zu finden, derweil rostet der im Oberdorf still und vergnügt vor sich hin! Ich fasse es nicht", ereiferte sich Harper.

„Das Leben ist hart und ungerecht", rutschte es dem immer noch in der Tür stehenden Beamten wenig originell heraus.

„Was verstehen Sie davon?" bellte ihn Harper an, „als Sie noch in den Windeln gelegen haben, da musste ich mich bereits um den ganzen Sch... hier kümmern!"

S.L. war wieder mal nicht zu bremsen.

Das Haus

Der Wagen stand am oberen Ende der abschüssigen Shenandoah-Street – quasi dem Bindeglied zwischen dem auf einer Anhöhe liegenden Ort Harpers Ferry und der museal anmutenden, nachgebauten Westernstadt unten am Fluss.

Als Harper und Malvern eintrafen, wurde das Fahrzeug gerade von einem halben Dutzend Experten einer Art Jahresinspektion unterzogen.

Das Gruppenbild mit Auto bot S.L. die passende Vorlage für einen seiner überaus freundlichen Gesprächseinstiege.

„Ihr sollt Spuren sichern, nicht vernichten", rief er dem Team in einem Anflug von Frohsinn zu. Die Beamten arbeiteten weiter, als hätten sie nichts gehört.

„Ich weiß", sagte Harper zu Malvern gewandt, „meinen Humor versteht nicht jeder!" Malvern nickte bestätigend. Wenigstens in diesem Punkt hatte S.L. recht.

Harper war an diesem Nachmittag für seine Verhältnisse und ganz entgegen seinem sonstigen Naturell ausgesprochen redselig.

„Ihr redet wohl auch nicht mit jedem?" startete er einen erneuten Anlauf.

Auch der zweite Versuch schlug fehl.

„Kopf hoch, Jungs, das wird schon wieder!" sagte Harper ebenso aufmunternd wie zusammenhangslos. Ein unter dem Honda liegender Beamter nahm diese Aufforderung allzu wörtlich, bereute diese Regung allerdings gleich wieder, als sein Kopf scheppernd gegen den Unterboden stieß.

Harper war zufrieden, denn er liebte Denkanstöße und vertrat im Übrigen die Meinung, dass bereits ein kleiner Impuls des Vorgesetzten ausreiche, die Innovation eines Mitarbeiters zu befördern.

„Liegen Sie bequem", sprach er zu dem Paar Beinen, die unter dem Fahrzeug hervorlugten und den verursachten Kopfschmerz zuckend ableiteten. „Verhalten Sie sich ruhig und melden Sie sich nach Dienstschluss bei der Liegenschaftsverwaltung des County!"

S.L. war für seine üblen Scherze sattsam bekannt, doch heute war er einfach unausstehlich. Und schon hielt er beim Blick ins Wageninnere Ausschau nach neuen Opfern.

„Ihr sollt den Wagen nicht aussaugen! Es reicht, wenn ihr verwertbare Spuren eintütet!"

Die zwei Männer im Innenraum bildeten spontan eine Solidargemeinschaft, von der Harper - völlig unbeabsichtigt - nur die Hinterteile zu sehen bekam. Mehr an Zuwendung war im Moment einfach nicht drin.

Nachdem es hier offenbar allen die Sprache verschlagen hatte, verlagerte sich das Interesse Harpers auf die Landschaft.

Der Wagen stand in einer kleinen, kiesbestreuten Parkbucht, unterhalb eines Hauses. Das Heck des Fahrzeugs wies in Richtung des Unterdorfes.

Auf der Beifahrerseite zog sich eine kniehohe Mauer das Grundstück entlang. Dort, wo der Maurer das Loch gelassen hatte, erschloss sich ein kurzer Weg zu einem Treppenaufgang, über den man zu einer überdachten Veranda gelangte. Sie barg - soweit das Harper von unten einsehen konnte - den Hauseingang. Es war ein im neuenglischen Stil erbautes, zweigeschossiges Holzhaus, das vor kurzem in frische, weiße Farbe getaucht worden war. Die grünen Fensterläden der drei über dem Dach der Veranda talwärts ausgerichteten Fenster waren geschlossen. Dagegen schien das unter dem Giebel gelegene Rundfenster freundlich in die Ferne zu blicken. Die schmale, zur Straße gewandte Hausseite, wies zwei übereinander liegende Fenster auf. Auch deren Läden waren geschlossen. Offenbar waren die Besitzer verreist.

Harper nahm die Witterung auf. Das Umfeld war das Feld, das er bevorzugt beackerte.

Er fragte sich schon die ganze Zeit, was an dem Bild, das sich ihm hier darbot, nicht stimmte. Irgendetwas irritierte ihn. - Da sah er zum Beispiel diesen Wagen, den jemand fein säuberlich, geradezu akkurat in die kleine Parkbucht eingestellt hatte. Er gewann den Eindruck, als stehe das Auto immer hier und als sei es nie fortbewegt worden. Diese flüchtigen Gedanken wurden aber durch die Fakten widerlegt. Es handelte sich nun einmal um einen Mietwagen, der entweder von dem späteren, mutmaßlichen Opfer Calzone oder einem unsichtbaren Dritten hier abgestellt worden war. Harper konnte sich noch keinen Reim auf diese ominöse Geschichte machen. Es wirkte einfach alles wie extra für ihn auf- und hingestellt:

Da wird ein Mann, nennen wir ihn „Calzone", auf einem Bahnsteig ziemlich erschossen aufgefunden. Schlagzeile: **Echte Leiche eröffnet Saison in Westernstadt.**
Da ruft ein enger Mitarbeiter eines honorigen Senators an und bringt diesen Pizza-Namen ins Gespräch.
Da sucht man in halb Amerika einen Mietwagen und findet ihn rein zufällig, wenige hundert Meter vom Tatort entfernt, in einer Parklücke.

Harper ging das einfach alles zu glatt. Mit jedem Schritt, den er und seine Leute machten, fragte er sich, ob dies tatsächlich die richtige Fährte sei. Irgendwie hatte er den Eindruck, als wäre alles an seinem Platz und als sei es nie anders gewesen. Und genau das gefiel ihm ganz und gar nicht. Es beschlich ihn das ungute Gefühl, dass sich „SEINE FÄHRTE" bei näherem Hinsehen als Holzweg erweisen würde. Harper hegte die Befürchtung, dass ihn dieser einladende Weg in Wahrheit immer weiter vom Täter, der Tatwaffe und dem Tatmotiv entfernte. Er stand auf einem Laufband und trat auf der Stelle.

„Schauen Sie mal, was wir gefunden haben, Sir!"
Nicht schon wieder, war Harpers erster Gedanke.
Ein Beamter hielt einen Schlüsselbund in seiner mit einem Einmalhandschuh überzogenen Hand. „Autoschlüssel und ein Hausschlüssel!"
Harper wusste nicht, ob er sich über dieses Schlüsselerlebnis freuen sollte.
Er hörte sich sagen: „Probieren Sie doch einmal, ob der an der Haustür passt!" Dabei wies er mit dem rechten Daumen über die Schulter. Der Deputy blickte

ihn leicht verstört an. „So ganz ohne Hausdurchsuchungs-Befehl?"

„War nur ein Scherz!" beschwichtigte Harper. „Ich halte in diesem besonderen Fall rein gar nichts mehr für unmöglich!"

Malvern trainierte inzwischen für den Aufstieg und eilte die hölzerne Treppe zum Haus empor. Noch ehe ihn jemand aufhalten konnte, hatte er geklingelt.

Er wartete eine Weile und versuchte Geräusche zu orten. Es gab keine Geräusche. Im Haus war alles still.

Er läutete ein zweites Mal. - Nichts rührte sich.

„Da ist niemand da!" ertönte eine Stimme.

Sheriff, Chief-Deputy und fünf Hilfssheriffs blickten in die Richtung, aus der die Stimme kam. Unter dem Unterboden des Hondas schlug sich gerade jemand den Kopf an. Ein leises Stöhnen war zu hören.

„Da ist schon seit Tagen keiner da!" rief die Stimme.

Sie gehörte einer alten Dame, die aus dem Fenster des gegenüberliegenden Hauses schaute.

„Wer wohnt denn da?" rief Harper hinüber.

„ Das steht die meiste Zeit im Jahr leer!"

„Und der Wagen?"

„Der gehört dem Mieter!"

„Ich denke, das Haus steht leer!"

„Einen Moment!"

Es vergingen fünf Minuten und eine kleine, silberhaarige, auf einen Stock gestützte Person öffnete die Tür ihres Hauses.

Harper und Malvern wechselten die Straßenseite.

Die ältere Dame hatte schon bessere Tage gesehen. Ihr Morgenmantel, den sie am helllichten Tag trug, auch.

„Guten Tag, meine Herren!" sagte die alte Dame mit erstaunlich fester Stimme.

„Ich frage mich schon die ganze Zeit, was die Männer da machen, Sheriff."

„Wir ermitteln in einer Mordsache, Mam", klärte Harper auf.

„Scheußliche Sache, das da unten", setzte die Dame die Vorkommnisse der letzten Tage gleich in Beziehung zueinander.

„Ja, Mam. - Wer wohnt da drüben?"

„Das Haus wird immer wieder einmal vermietet. Über den Winter steht es meist leer. Jetzt wohnt gerade ein Mann drin."

„Können Sie den Mann beschreiben?"

„Ach, der ist vor vierzehn Tagen gekommen. Ich hab ihn oft den ganzen Tag nicht gesehen."

„Wie sieht der Mann aus? Würden Sie ihn wieder erkennen?"

„Ach, wie sieht der aus?" Die Alte stützte ihr Kinn in die erhobene Handfläche und schaute nach oben. „Dunkle, ich meine, schwarze Haare, eher schlank … "

„Hatten Sie mit ihm ein- oder mehrmals gesprochen?" fragte Malvern.

„Nein, der war entweder den ganzen Tag weg oder er hat das Haus nicht verlassen."

„Also, was hat er jetzt gemacht - war er fort oder war er im Haus?"

„Der war mal fort und dann wieder im Haus …"

„Hat er den Wagen benutzt?" wollte Harper wissen.

„Nur als er kam …"

„Wann genau war das?"

„Zwei Wochen wird das her sein … ja, zwei Wochen …"

„Hören Sie, Mam, das ist ein Mietwagen, der kostet täglich Geld. Das ist eine verdammt hohe Parkgebühr für den Stellplatz dort drüben."

„Wenn ich's Ihnen doch sage …"

„Wir glauben Ihnen ja!"

„Das heißt, Sheriff, am vergangen Montag stand das Auto nicht da …"

„Wann genau?"

„In aller Herrgottsfrüh. Ich stehe jeden Morgen kurz nach sieben auf, schau aus dem Fenster - nach dem Wetter - und da fällt mir auf, dass der Wagen nicht da steht!"

„Hätte es nicht sein können, dass der Gast abgereist ist?"

„Wissen Sie, ich war ein paar Kleinigkeiten einkaufen, was man halt in meinem Alter so braucht - viel ist es ja nicht …"

„Und dann?"

„Wie ich zurückkomme - ich hatte noch eine Bekannte getroffen - da steht der Wagen wieder da."

„Das ist interessant, Mam. Und der Fahrer? Haben Sie den gesehen?"

„Nein. Der war wie vom Erdboden verschluckt …"

„Und Sie sind sich sicher, dass der Fahrer dieses

Fahrzeugs dort drüben, in dem Haus dort gewohnt hat?" Sheriff John Samuel Lee Harper deutete hinüber.

„Ich bin doch nicht verkalkt, Sheriff. Mit 83 zähle ich zwar zum alten Eisen, aber rosten tue ich da oben nicht!" Die Dame tippte sich mit dem Zeigefinger auf die Stirn, so, als zeige sie dem Sheriff den Vogel.

Die ist noch ganz schön fit, die Alte!

„Wissen Sie, wem das Haus dort drüben gehört? Jemand muss sich ja um die Vermietung kümmern!"

„Ach, wissen Sie, den Schlüssel kriegt man in der Tourist-Information. Das machen die meisten hier so. Gerade bei den Wochenendhäusern. Hier oben ist ja der Hund begraben. Und dort unten", wies sie mit dem Kinn die Straße hinunter, „da spielen die immer Bürgerkrieg, als hätten wir nicht genug Krieg in der Welt ..."

Harper zog es vor, keine politische Diskussion zu beginnen. Man wusste nie, zu welchem Ende das führt.

„Seit wann haben Sie den Mann nicht mehr gesehen?"

„Seit Sonntag letzter Woche."

„Und wie haben Sie von dem Mord erfahren?"

„Aus der Zeitung. Ich komme ja auch nicht so oft aus dem Haus."

„Und auf die Idee, das das etwas mit dem Herrn da drüben zu tun haben könnte ..."

„Ach, wo denken Sie hin? Der hat doch tagelang nicht das Haus verlassen – oder hab ich's vielleicht nicht mitgekriegt...?", sagte die Alte.

„Sagen Sie, wer versorgt das Haus, da drüben - wenn es mal nicht bewohnt ist?"
„Ach, da kommen entweder die Handwerker oder wie vor einem Monat die Maler ..."
„Und was sind das für Gäste, die dort wohnen?"
„Also, der Mann ist das erste Mal da. Im Sommer kommen für ein, zwei Wochen mal Familien mit ihren Kindern.
Die Dame schaute offenbar viel Fernsehen und in den Werbepausen aus dem Fenster.

Sie bedankten sich fürs erste, kündigten weitere Besuche an und verabredeten, dass Malvern bei der Tourist-Information zusätzliche Informationen einholen solle.
Sheriff John Samuel Lee Harper wusste in diesem Moment nur eines mit Sicherheit zu sagen:
„Habe ich einen Hunger!"
Dies war im Augenblick sein ganz persönliches Einzelschicksal, das aber niemanden in seinem Umfeld auch nur im Entferntesten interessierte.
Von Belang war, dass die Maschinerie der polizeilichen Ermittlungstätigkeit noch einen Tick schneller rotierte und vollends auf Touren kam.
Malvern hatte über die Tourist-Information den Namen des in Philadelphia lebenden Vermieters erfahren, der sein in Harpers Ferry stehendes, an der Shenandoah Street gelegenes Elternhaus bis auf zwei Wochen im Sommer ganzjährig vermietete. Malvern setzte sich umgehend mit dem Eigentümer in Verbindung und informierte ihn, dass der derzeitige Stand

der Ermittlungen eine Hausdurchsuchung unumgänglich mache. Sein Vorgesetzter, Sheriff John Samuel Lee Harper, sei gerade im Begriff, einen richterlichen Durchsuchungsbefehl zu erwirken. Dazu musste die Ermittlungsakte im - vermeintlichen - Mordfall „CALZONE, Federico", auf verschlungenen Dienstwegen in die behördliche Umlaufbahn geschossen werden.

Stunden vergingen, bis das Faxgerät der nächstgelegenen Polizeistation das ersehnte Papier ausspuckte. Es war längst Abend geworden und die Dämmerung hielt in Harpers Ferry Einzug.

Sheriff Harper stieg, gefolgt von Malvern und drei weiteren Beamten, die Treppe zur Eingangsveranda empor. Ein Deputy öffnete behutsam die Haustür. Abgestandene Luft schlug ihnen entgegen. Malvern atmete vorsichtshalber flach. Harper suchte den Lichtschalter. Nach kurzem Tasten fand er ihn. Nun konnte er sich im Flur orientieren. Er entschloss sich, die schmale Tür zu seiner Rechten zu öffnen. Er trat in einen winzigen Raum ein. Sein flüchtiger Blick streifte eine geöffnete Klobrille. Darin gähnende Leere. Der Wasserhahn eines kleinen Handwaschbeckens tropfte einsam vor sich hin. Harper trat den geordneten Rückzug an. Ein Wendemanöver in der Toilette wäre in seinem Fall von vornherein zum Scheitern verurteilt gewesen. Er kannte das aus Erfahrung und stapfte zur Tür auf der gegenüberliegenden Seite. In diesem Raum befand sich eine Küchenzeile. Davor stand ein runder Tisch mit vier Stühlen. Das Muster der Sitzpolster war gewöhnungs-bedürftig.

Malvern führte mit den spitzen Fingern seines Einmalhandschuhs eine angebrochene Flasche *Bardolino* zur Nase. Vorsichtig fächelte er sich das vermeintliche Bukett zu. Obwohl sein Schnupfen abgeklungen war und er die Nase nicht mehr voll hatte, konnte er nichts riechen. Harper öffnete den Kühlschrank und stellte fest, dass er mit dessen Inhalt keinen einzigen Tag hätte überleben können: Eine Packung Milch, Butter, zwei Dosen Cola, ein Glas bitterer Orangenmarmelade.

Im Spülbecken stand ein mit Wasser gefüllter Suppenteller, in dem die Reste von Cornflakes vor sich hin gammelten. Daneben lag eine geplatzte Filtertüte, deren inliegender Kaffeesatz bereits Schimmel angesetzt hatte.

Die Küche hatte nur ein Fenster.

Eine kitschige Wanduhr machte durch ihr lautes Ticken darauf aufmerksam, dass die Zeit lief. Malvern studierte die neben der Weinflasche stehende Kaffeetasse und inspizierte anschließend die Krümel einer vor Tagen auf dem Frühstücksteller abgelegten Scheibe Toast. Hier gab es nichts zu holen.

Harper hielt vor der schmalen Treppe inne, die in den ersten Stock führte. Er entschied sich, sein Gewicht nach oben zu schleppen. Die Holzstufen quittierten diesen sogleich in die Tat umgesetzten Entschluss mit hysterischem Quietschen. Beim Aufstieg Harpers blieb ihnen buchstäblich die Luft weg. Die Treppe erlebte einen Auftritt, der sich ihr bis zum Jüngsten Tag einprägen sollte. Nachdem Harper die letzte Stufe erklommen hatte, schlug er den Weg nach rechts ein. Auf der linken Seite dieses Flurabschnitts befand sich das Badezimmer. Über dem Waschbecken, auf der Spiegelablage, steckte ein lausiger Kamm in den Borsten einer Bürste. Eine aus den Nähten platzende Tube Zahnpasta fügte sich nahtlos in das Stilleben ein. Der zerfledderte Kopf einer Zahnbürste schaute über den Rand eines leicht eingestaubten Zahnputzbechers. Ein Duschvorhang hing lustlos in der Ecke herum. Eingetrocknete Schmutzstreifen zeigten, dass die Duschwanne seit Tagen kein Wasser mehr gesehen hatte. Die gegenüberliegende Badewanne war von mattem Grau; die Gegend um den Abfluss wies ebenfalls braune Rückstände auf. Ein ausgeblichenes Frottee-Handtuch musste von irgendjemand klitschnass über den Rand der Badewanne geworfen worden sein. Dort hing es jetzt faltenreich.

Der halb-hoch gekachelte Raum verströmte den herben Charme unzähliger Katzenwäschen und roch muffig. Das hinter dem Schnapprollo liegende Schiebefenster war geschlossen.

Am rechten, hinteren Winkel des Flurs lag das Schlafzimmer. Das Doppelbett war benutzt worden und das Laken war zerwühlt.

Auf dem Nachtisch quoll ein voller Aschenbecher über, darunter die jüngste Ausgabe von *Newsweek*. In dem begehbaren Kleiderschrank hingen zwei speckigglänzende Anzüge und drei Business-Hemden von ehemals guter Qualität.

In dem darunter liegenden Koffer befand sich Schmutzwäsche. Auf dem kleinen Schreibtisch am Fenster lagen verstreute Bögen Papier, auf denen das jeweilige Datum des Tages und Personenbewegungen mit Uhrzeit festgehalten worden waren. Die Personen verbargen sich hinter den Chiffren „R." und „C.". Die Aufzeichnungen endeten am Vorabend des 7. April, dem Abend vor dem Mord.

Die Beamten bewegten sich nahezu geräuschlos durch das Haus. Sie wollten die hier herrschende Friedhofsruhe nicht stören. Über eine Treppe, die getrost als Hühnerleiter bezeichnet werden durfte, stieg Malvern nach oben, in das kleine Dachzimmer mit dem Rundbogenfenster. Harper hatte ihm gnädig den Vortritt gelassen und ließ sich, während er breitbeinig unter der Luke stand, die Wahrnehmungen Malverns durch die Öffnung zurufen.

In dem Dachzimmer stand eine kleine Couch, auf der man mit eingezogenem Kopf, gekrümmten Rücken und angezogenen Beinen unter widrigen Umständen zu schlafen vermochte. Ein Bücherregal war in die Dachschräge eingebaut. Die eingestellten Bücher kehrten Malvern den Rücken zu. Hier gab sich der Club der toten Dichter ein fröhliches Stelldichein: Edgar Allan Poe neben Robert Louis Stevenson, Mark Twain - Seite an Seite mit Jack London, Ernest Hemingway in Gesellschaft von John Steinbeck - so lauteten einige Namen der hier nur unvollständig wiedergegebenen Gästeliste.

Doch Malverns Interesse schwand schlagartig, als er sich dem Stativ am Fenster widmete. Darauf war eine Kamera des Fabrikats *Canon* mit extremer Brennweite aufmontiert.

An einer Stellschraube hing ein Fernglas. Malvern

konnte der Versuchung nicht widerstehen und schaute durch den Sucher. Er stellte schärfer und sah in der Ferne ein hell erleuchtetes Fenster. Malvern blickte nun mit bloßem Auge in die gleiche Richtung, konnte aber nichts erkennen.

„Sir, kommen Sie bitte! Wir haben da etwas Interessantes gefunden!"

Malvern vernahm, wie sich der Bewegungsapparat von Sheriff John Lee Harper mühsam stampfend in Bewegung setzte. Dann wurde es beängstigend ruhig. Malvern brauchte einige Zeit, bis er sich durch die Öffnung, die Treppe hinunter, den Flur entlang, den Weg zum Zentrum der Entdeckung vorarbeitete.

Harper kehrte ihm sein breites Kreuz zu. Es war der Tag der Rückenansichten.

S.L. stand in einem fensterlosen Raum, einer Art zweckentfremdeten, größeren Speisekammer. Über eine Länge von knapp zwei, drei Metern überbrückten gespannte Wäscheleinen die Distanz zwischen den Wänden. Auf zwei Klapptischen standen diverse Plastikwannen, die entfernt an Relikte von Tupper-Partys erinnerten. Daneben lagen scheinbar wahllos Bilderzangen, Scheren, Laborschalen und ein Retuschiermesser.

S.L. drückte sich die Nase platt an einem stark vergrößerten Abzug eines über dem Fixierbad hängenden Fotos. Aus gebotener Distanz wurde Malvern nachträglich Augenzeuge einer intimen Szene, die das Zelluloid festhielt. Malvern musste die wachen Augen etwas zukneifen, um auf diese Distanz noch Wesentliches zu sehen.

Unscharf, verschwommen, sah er eine denkbar scharfe Einstellung:

Auf einem grau-haarigen, nackten Mann saß, den Kopf zurückgeworfen, eine unbekannte Schöne, die augenscheinlich ihre blanke Haut zu Markte trug.

Der Anwalt

Harpers Ferry,
Dienstag, 15. April

„Denn wir wissen, dass das Gesetz aus GOTTES Geist kommt; ich aber bin nur ein Mensch, unter die Macht der Sünde verkauft. Denn ich weiß nicht, was ich tue. Denn ich tue nicht, was ich will; sondern was ich hasse, das tue ich."
Römer 7, Verse 14 u. 15

Für heute war es genug. Behutsam schlug Doktor Walter Ratcliff den schweren, in Rindsleder eingebundenen Deckel der seit vielen Generationen im Familienbesitz befindlichen Bibel zu.

Doktor Ratcliff war ein frommer Mann. Mit der regelmäßigen Bibellesung verlieh er jedem Tag eine feste Struktur. An die Sonntagspflicht musste ihn niemand erinnern. Da saß er wie jeden Gottesdienst auf seinem Stammplatz in der Kirche seiner Gemeinde. Das Studium der Heiligen Schrift gab ihm seit frühester Kindheit und von Grund auf Halt. So hatte er es bei seinen Eltern miterlebt und auf die gleiche Weise hatten es seine Eltern von seinen Großeltern in die Wiege gelegt bekommen.

Doktor Walter Ratcliff war überaus angesehen und stammte aus einer alteingesessenen Familie von Harpers Ferry.

Drei Generationen der Ratcliffs waren vor ihm an

diesem Ort zur Welt gekommen und von hier auch wieder durch GOTT den Herrn abberufen worden. „Mit drei Generationen auf dem Friedhof von Harpers Ferry ist man Bauland-berechtigt", warf Doktor Walter Ratcliff in vertrautem Kreis in einer Mischung aus Selbstironie und gesundem Selbstbewusstsein gerne in die Runde.

Beim täglichen Lesen war er inzwischen beim Brief des Apostels Paulus an die Römer angelangt. Die dogmatischen Lehrsätze paulinischer Theologie sprachen ihn in besonderer Weise an. Beim Lesen wurde ihm durch Sprache und Inhalt vor Augen geführt, wie nahe sich doch Theologen und Juristen im Geiste stehen! Waren es nicht gerade diese Geisteswissenschaften, welche die ersten Universitätsgründungen im alten Europa entscheidend beförderten?

Da las er nun im 7. Kapitel des Römerbriefes vom „Menschen unter dem Gesetz". Konnte es eine bessere Verquickung - nein, Durchdringung - juristischen Denkens und geistlicher Aussage geben?

Wie hatte er doch gerade noch in Kapitel 7, Vers 7, gelesen:

„Was sollen wir denn nun sagen? Ist das Gesetz Sünde? Gewiss nicht! Aber erst durchs Gesetz lernte ich die Sünde kennen. Denn ich hätte nichts von der Begierde gewusst, wenn das Gesetz nicht gesagt hätte: „Du sollst nicht begehren!"

Wurde dem Doktor der Jurispondenz nicht täglich vor Augen geführt, wie sehr die gemeinhin als SÜNDE bezeichnete Trennung des Menschen von GOTT, den Menschen immer mehr vom Gesetz entfremdete und ihn latent zur Aufruhr gegen den Rechtsstaat aufstachelte?

"IN GOD WE TRUST" war auf der Ein-Dollar-Note zu lesen. GOTT war nicht nur Losung auf dem Zahlungsmittel, sondern längst auch harte Währung für die amerikanische Verfassungswirklichkeit. Und in diesem Bewusstsein leistete Walter Ratcliff aus innerster Überzeugung bereits seit vielen Jahren seinen ganz persönlichen Beitrag zur Rechtspflege.

Und jetzt das! Vor sieben Tagen war ein Mann an der Bahnstation im unteren Teil des Ortes ermordet aufgefunden worden! Das war für alle, mit denen Doktor Ratcliff seit der schrecklichen Nachricht privat oder beruflich gesprochen hatte, ein böser Schlag. Ratcliff konnte sich nicht erinnern, wann sich das BÖSE in dieser Gestalt in Harpers Ferry zuletzt Bahn gebrochen hatte.

Die Menschen waren schockiert. In jeder Nachrichtensendung der auf Dauerbetrieb geschalteten Fernsehgeräte schwappten täglich Verbrechen in amerikanische Wohnzimmer. Mit diesem Mord in Harpers Ferry, dessen Bürger sich redlich mühten, friedlich zusammen zu leben, kam die dunkle Kehrseite des viel gepriesenen *American Way of Life* mit aller Brutalität zum Vorschein.

Doktor Ratcliff war zu lange Jurist, um noch an das Gute im Menschen glauben zu können. Gerne zitierte er aus dem 1. Buch Moses, Kapitel 8:

„...Ich will hinfort nicht mehr die Erde verfluchen um der Menschen willen; denn das Dichten und Trachten des menschlichen Herzens ist böse von Jugend auf. ..."

Er wusste, dass er in einer hochgradig erlösungsbedürftigen Welt lebte. Ratcliff konnte ein garstig Lied von seit Generationen schwelenden Fehden zwischen ortsansässigen Familien und den ausufernden Streitigkeiten innerhalb von Erbengemeinschaften, von Diebstahl, Beleidigung und übler Nachrede singen. Als Christ sah er darin die Wesensmerkmale der Sündhaftigkeit des Menschen offen zutage treten. In seiner Eigenschaft als Rechtsanwalt lebte er hingegen gut von der Fehlbarkeit seiner Mitbürger. Bis zur Nachmittagsverhandlung des Jüngsten Gerichts würde er im Lande bleiben und sich redlich nähren.

Ratcliff war Junggeselle geblieben und führte seinen Haushalt allein. Er nannte dies seine Antwort auf die Emanzipation. Seine Unabhängigkeit in allen Dingen lag ihm in besonderer Weise am Herzen. Er achtete sorgsam darauf, dass nicht widrige Umstände ihn in Situationen brachten, die er nicht mehr beherrschte.

Doktor Ratcliff war damit die vergangenen 55 Jahre seines Lebens nicht schlecht gefahren. Heute zählte er, wie gesagt, zu den achtbarsten Bürgern von Harpers Ferry. Seine Mitbürger wussten wenig von ihm zu berichten. Er grüßte jeden freundlich und war außerordentlich zuvorkommend und hilfsbereit. Tatsächlich war es ihm bisher gelungen, seine cholerische Veranlagung zu verbergen und seine Wutanfälle vorzugsweise unter Ausschluss der Öffentlichkeit zu bekommen. Über private Dinge sprach Ratcliff nicht gerne; er ging ohnehin in der Arbeit auf, die seine Kanzlei ihm täglich bescherte. Außer in seinem Ehrenamt im Gemeindevorstand seiner Kirche, trat er außerhalb seiner beruflichen Verpflichtungen kaum öffentlich in Erscheinung.

Das Büro hatte er in der ersten Etage seines gediegenen, aber in keiner Weise protzigen Hauses untergebracht. Die somit gegebene räumliche Verbindung zwischen dem öffentlichem Dienstleistungsbereich seiner Kanzlei und dem persönlichen Refugium des im Stockwerk darüber liegenden, privaten Wohnbereichs, sparte Zeit. Und Zeit war für ihn Geld. Zeitdiebe ließ er schon im Vorzimmer von seiner Sekretärin oder der Rechtsanwaltsgehilfin abwimmeln. Im Gespräch mit seinen Mandanten kam er ohne Umschweife auf den Kern der Sache zu sprechen. Er tat dies in einer knochentrockenen Art, die beim Klienten gleich zu Beginn die Gewissheit aufkommen ließ, dass Doktor Ratcliff sich für seinen Mandanten in gleicher Weise vor Gericht einbringen würde. In der Tat erfüllte er diese Erwartung.

Ratcliff war ein 1,90 Meter großer Mann, mit akkurat gescheiteltem, grauem Haar. Er trug auf seiner Hakennase zwei mit dünnem Goldrand gefasste Brillengläser. Sein Gesicht war so kantig wie der ganze Mann. Den Rest des Körpers hüllte er bevorzugt in Anzüge aus Tweed. Für die Leute von Harpers Ferry war es nicht anders vorstellbar, als dass ihr Doktor Ratcliff auch die Gartenarbeit mit Jacke und Weste verrichtete. Dies war jedoch nichts weiter als ein elendes Gerücht aus irgendeiner Entsorgungszentrale. Ratcliff war kein Freund von Gartenarbeit und wurde folglich nie in dem beschrieben Aufzug gesehen. Vielleicht war es das offenkundige Fehlen kleinerer Schwächen, welche man an ihm vermisste. Am „Doc" gab es einfach nichts auszusetzen. Mit der Zeit nahmen die Leute von Harpers Ferry diese Solidität - wenn schon nicht als gottgegeben - so doch als nicht weiter zu hinterfragende Tatsache hin. Der Name Ratcliff stand für Zuverlässigkeit und gediegenes Auftreten inner- und außerhalb des Gerichts.

Das einzige Laster, das man ihm nachsagen konnte, war, dass er hin und wieder eine Pfeife rauchte. Aber selbst diesem Laster ging er unter Ausschluss der sich sehr für ihn interessierenden Öffentlichkeit in den eigenen vier Wänden nach. Er tat dies schon allein deshalb, weil ein paar besonders Fromme in der Gemeindeversammlung mit Penetranz vom menschlichen Leib als einem „heiligen Gefäß" zu sprechen pflegten. Da Doktor Ratcliff neben Unpünktlichkeit, schmutzigen Schuhen, ungespitzten Bleistiften und Haferbrei nichts mehr verabscheute als sinnloses Diskutieren mit Vertretern festgefahrener Ansichten, wollte er keinen Anlass zu Klage geben. Er hatte schon beruflich mehr als genug zu klagen. Aber das geschah in aller Regel im Auftrag seiner Mandanten.

An diesem Morgen war Doktor Ratcliff alles andere

als ausgeglichen. Er wirkte auf Jennifer, seine langjährige und überaus tüchtige Sekretärin, eigenartig fahrig. Dem Doktor lag das Unwohlsein förmlich auf der spitzen Zunge, als ihm entgegen seiner sonstigen Gewohnheit und Erfahrung die morgendliche Pfeife nicht schmecken wollte. Dieser Rauchertest war für den Pfeifenfreund weniger ein Zeichen für schlechten Tabak, als für innere Unausgeglichenheit. Der Tabak, der sich eben noch behaglich im Pfeifenkopf gekräuselt hatte, schied heute durch das Mundstück einen ungewohnt bitteren Nachgeschmack aus. Irritiert blickte Doktor Ratcliff in die auf dem wuchtigen Schreibtisch stehende Tabakdose. Erleichtert stellte er fest, dass diese über Nacht nicht zur Büchse der Pandora mutiert war, aus der alles Übel in die Welt kam. Trotzdem fühlte er sich heute irgendwie unwohl. Sollte er sich gestern auf dem Weg nach Charles Town einen Zug durch das nur einen kleinen Spalt weit geöffnete Seitenfenster seines liebevoll gepflegten Ford Mustangs geholt haben? Spürte er nicht ein Ziehen im Nacken oder bildete er sich die verspannte Schulterpartie etwa nur ein? Während er mit der rechten Hand seinen steifen Hals massierte, klopfte er mit links die Pfeife im Aschenbecher aus. Der Tabak dachte nicht daran, den sicheren Port zu verlassen. Das Kraut wollte in einen anderen Aggregatzustand und vorzugsweise in Rauch übergehen. Dies wusste Doktor Ratcliff mit einem kleinen, chirurgischen Eingriff mittels des am Pfeifenstopfer angebrachten Messers zu verhindern.

Er beförderte das widerborstige Kraut mit der eben noch massierenden Rechten energisch in das Rund des gläsernen Aschenbechers. Nach dieser Aktion fuhr sich der Anwalt mit den oberen Schneidezähnen über die raue Zunge. Die wollte heute um keinen Preis auf den Geschmack kommen und lag stattdessen wie eine zerknitterte Wolldecke in der Mundhöhle. Allein diese Vorstellung missfiel Ratcliff. Ihm missfiel heute früh einfach alles. Am meisten missfiel ihm aber die Tatsache, dass sich für zwölf Uhr Mittag Sheriff John Samuel Lee Harper angekündigt hatte. - Schade um die Zeit, in der Doktor Ratcliff schon wieder hätte echtes Geld verdienen können. Die Dollars saßen den Leuten ohnehin nicht mehr so locker in der Tasche. In dieser Gegend von West Virginia schon gleich zweimal nicht. Und ihm selbst schon gar nicht.

Was wollte der ihm die kostbare Zeit stehlen? Allein der Versuch war strafbewehrt und der Sheriff demnach dümmer als die Polizei erlaubte.

Sheriff John Samuel Lee Harper, der an diesen Vorüberlegungen im Kopf des Anwalts in keiner Weise beteiligt worden war, näherte sich unvoreingenommen dem Eingang der Kanzlei. Auf dem glänzenden Messingschild am Eingang stand wie jeden Tag zu lesen:

DR. W. RATCLIFF - ATTORNEY AT LAW

Harper drückte den Klingelknopf. Dieser zog sich ob des Daumendrucks zurück und ließ sich nicht mehr blicken. Dafür hörte man die Türglocke in dem kleinen, aber feinen Foyer der Kanzlei umso besser.

Genervt drückte Doktor Ratcliff auf die Sprechtaste der internen Rufanlage, die ihn in der selbst und höchst freiwillig gewählten Abgeschiedenheit seines Büros mit dem Sekretariat verband.

„Jennifer, wer klingelt denn da wie ein Verrückter?"

Jennifer konnte über einen an ihrem Fenster angebrachten Spiegel den Eingang gut überblicken. Heute war der Spiegel ausgefüllt mit der Außenverpackung von zweieinhalb Zentnern Frischfleisch, die soeben vor der Eingangstür angeliefert worden waren. Das heißt, das Fleisch trug einen Anzug mit Stetson und war mit einem Stern ausgezeichnet. Der Stern war indes kein Gütesiegel, sondern das untrügliche Signal für eine vor der Kanzlei anbrechende Sternstunde mit „Sheriff John Samuel Lee Harper!" Jedenfalls bellte dies der Fleischberg mit sonorer Bassstimme gerade in die Gegensprechanlage.

„Mr. Ratcliff, der Sheriff ist schon ..."

„Kann der nicht aufhören mit Klingeln? - Das ist ja zum Verrücktwerden!"

Ratcliff war aufgesprungen.

Die blanke Wut kochte in ihm hoch, als er die Tür seines Büros aufriss, um mit langen, schnellen Schritten durch das Vorzimmer der erstaunten Jennifer Johnson zu eilen.

„So machen Sie doch endlich auf!" herrschte Ratcliff seine langjährige und für gewöhnlich überaus zuverlässige Sekretärin an. Mrs. Johnson hatte ihren Chef noch nie so erlebt.

Sie betätigte den alten Türöffner, welcher wiederum der nach Jahren älteren Tür die Lizenz zum Öffnen erteilte.

Unter dem Geläut der Türglocke fiel dem Sheriff nichts Besseres ein, als mit der freiwillig zurückweichenden, schweren Tür ins Haus von Doktor Walter Ratcliff zu fallen.

Es war fünf vor Zwölf. Der in die heiligen Hallen hineinkugelnde Sheriff war demnach ganze acht Minuten zu früh dran.

„Fallen Sie immer gleich mit der Tür ins Haus, Sheriff?" fragte Ratcliff ungeduldig.

Der sich aufrappelnde Sheriff, inzwischen auf den Knien, antwortete gallig: „Vor Juristen gehe ich grundsätzlich in die Knie."

Ratcliff musste an sich halten, als er auf Harper von oben herab sah: „Offensichtlich zählen Sie zum Bodenpersonal!"

Während Harper sich zu seiner ganzen Pracht aufrichtete, erwog er für eine Zehntelsekunde, dem Doktor eine auf die Nase zu geben. Da der mehr als einen Kopf größer war, zog es Harper vor, fürs Erste die Deckung nicht aufzugeben und die Situation mit elastischer Beinarbeit zu überbrücken.

„Was zappeln Sie denn so herum, Sheriff? Sie machen einen ja ganz wahnsinnig!"

„Das täte mit aufrichtig leid! - Doktor W. Ratcliff, wie ich annehme?"

„Das `W´ steht für `Walter´ - aber Sie dürfen gerne Doktor Ratcliff zu mir sagen."

Der Anwalt versuchte die äußere Form zu wahren und sagte gequält freundlich:

„Kommen Sie rein, Sheriff."

Eine Aufforderung, der John Samuel Lee Harper

schon vor der Zeit nachgekommen war. Ratcliff machte mit dem rechten Arm eine einladende Bewegung.

Im Vorübergehen fing Harper einen strahlend blauen Blick von Ratcliffs Sekretärin, Mrs. Johnson, ein.

Schwellenängste waren dem Sheriff fremd. Und doch stolperte er in Ratcliffs Büro. Harper hatte vor lauter Arbeit noch nicht gefrühstückt. Er war deshalb etwas wackelig auf den Beinen.

„Nehmen Sie bitte Platz", hörte er Ratcliff sagen.

Der Anwalt trug zur Feier des Tages einen taubenblauen Anzug mit passender Weste. Langsam schweifte Harpers Blick durch den Raum.

Das Erste, was ihm auffiel, war die offene Verandatür. Ein Gardinensaum bewegte sich, dem Rhythmus des leichten Bergwindes gehorchend, wellenartig hin und her.

Ratcliff hatte den Blick verfolgt und sagte schließlich:

„Ich hatte mir eben eine Pfeife angezündet. Ich mache gleich zu!"

Harper ließ sich in den schweren Sessel vor dem Schreibtisch fallen, dessen mit Rindsleder bespannte Rückenlehne sich augenblicklich straffte. Zwei an der Lehne verhaftete Nieten schafften wegen des plötzlich einsitzenden Sheriffs den jähen Absprung. Sie suchten das Weite und fielen klimpernd auf das Parkett.

„Was war denn das?" fragte Ratcliff, sich halb aus dem Sessel aufrichtend.

„Was war was?" fragte Harper, der keinen Sinn für Nebengeräusche hatte.

Ohne mit einer Antwort zu rechnen, schaute er sich in Ratcliffs Büro um:

Die bis zur Decke reichende Holztäfelung des quadratischen Zimmers, verlieh dem Raum eine warme, behagliche Note. Das durch die breite Glasfront einfallende Sonnenlicht, zeichnete das Weichbild des wuchtigen, in der Mitte stehenden Schreibtisches. Dahinter saß Doktor Ratcliff. Hinter dessen grauem Haupt ragte die hohe Lehne eines mit dunklem Nappa-Leder gepolsterten Drehsessels hervor. Für Harpers schlechten Geschmack bildete Ratcliffs Sessel einen eigentümlichen Kontrast zu dem antiken Teak-Holz-Tisch.

Harpers Körperfülle wiederum nahm sich aus Ratcliffs Perspektive in dem kleinen Sessel gegenüber beinahe dekorativ aus.

Rechts von ihm bestimmte ein offener, vor langer Zeit erloschener Kamin das Bild, über dessen Sims sechs, in wurmstichigen Mahagoni-Rähmchen eingelassene Kupferstiche mit Stadtansichten Venedigs hingen. Zur Linken grüßten mehrere Reihen breiter Bücherrücken in Rot und Grün. Ein Gesetzesnotstand schien hier nicht zu herrschen.

Dies war kein rechtsfreier Raum.

Sheriff John Samuel Lee Harper war sichtlich beeindruckt. Das war auch Ratcliff nicht entgangen.

Harper fühlte sich beobachtet. Ein aus Bronze gegossener Buddha schaute erhaben auf Harper herab. Der Sheriff meinte sich in dem Bronzeguss zu erkennen.

Nach einer andächtigen Schweige-Minute, in der Harper den in Leinen gebundenen Paragraphen-Dschungel samt Unterholz mit Ausführungsbestimmungen auf sich wirken ließ, richtete Doktor Ratcliff, der für sein Gefühl schon viel zu viel Zeit vergeudet hatte, das Wort an den mit offenem Mund vor ihm sitzenden Gast.

„Sheriff, was kann ich für Sie tun?" Ratcliff legte zur Abwechslung einen verbindlichen Ton an den Tag.

„Sind Sie Buddhist?" fragte Harper unvermittelt zurück.

„Ach was! Wo denken Sie hin? - Ich bemühe mich, ein Christ zu sein. Diesen Buddha habe ich von einer Asienreise mitgebracht."

„Asien? Was waren denn Ihre bevorzugten Reiseziele?"

Ratcliff hatte sich bereits die ganze Zeit über diese Ausgeburt von Staatsgewalt, die ihm da in der Person des Sheriffs Harper gegenüber saß, gewundert. Jetzt begann Ratcliff sich auch über dessen Fragen zu wundern. Dennoch wollte er ihm die Antwort nicht schuldig bleiben:

„Bangkok, Singapur, Pnompenh" ließ er sich zu der denkbar knappsten aller Antworten hinreißen.

„Interessant. Dann sind Sie ja weit herumgekommen."

„Wie Sie sehen, bin ich wieder sicher in Harpers Ferry gelandet!"

„Haben wir hier einen Airport für Langstreckenflüge?"

„Noch nicht, aber wir arbeiten daran. Bis dahin müssen wir auf unseren Vorort Washington ausweichen."

„Haben Sie ein berufliches Interesse an Asien?"

„Das wäre übertrieben. Ich interessiere mich eher für Land und Leute und die Kultur." Ratcliff machte eine kleine Pause und musterte Harper aufmerksam.

„Wissen Sie, Sheriff, das Nachtleben in Harpers Ferry ist nicht allzu berauschend und da ist ein Kurztrip nach Bangkok noch jedes Mal eine nette Abwechslung ..."

Bei Harper regten sich leichte Zweifel an Ratcliffs zur Schau getragener Solidität.

Vielleicht wohnt hinter der christlichen Fassade ein mieser, kleiner Sextourist.

„Nicht was Sie denken, Sheriff!"

Harpers Gegenüber beherrschte die Kunst des Gedankenlesens.

„Im Ernst: Sie müssen davon ausgehen, dass heutzutage jeder bessere Trödler meint, den Leuten für teures Geld wertlosen Ramsch als Antiquität andrehen zu können; andererseits wird es immer schwieriger, wirklich antike Stücke - sozusagen mit Echtheitszertifikat - auf dem heimischen Markt zu einigermaßen erschwinglichen Preisen zu erstehen. Ich habe, wenn Sie so wollen, aus der Not eine Tugend gemacht und mich frühzeitig auf Ostasiatika spezialisiert. Die Ware aus Fernost ist zwar auch in den seltensten Fällen echt, aber man erhält ganz brauchbare Reproduktionen, ausgestattet mit einem Hauch von Exotik. Das ist zur Zeit sehr gefragt. Da trifft es sich gut, wenn im Hinterland Bangkoks die Buddhas im Akkord gefertigt werden", fügte Ratcliff lächelnd hinzu.

„Im Übrigen haben arme Tagelöhner in aller Regel zuhause auch eine Familie zu ernähren."

„Das heißt", stichelte Harper, „der Kauf von Buddhas ist Ihr ganz persönlicher Beitrag zum Kampf gegen Hunger und Elend?"

„Das meinen Sie jetzt nicht im Ernst, Sheriff?" Ratcliff war angesichts des Premierenauftritts seines ungebetenen Gastdarstellers nicht ganz sicher. Dieser Sheriff erschien ihm bei aller Nächstenliebe doch reichlich seltsam.

„Nein, natürlich nicht, Doktor Ratcliff! Aber ich danke Ihnen für die Erleuchtung!"

„Sehen Sie, Sheriff, das ist genau das, was mir das Zahlen meiner Steuern so entsetzlich schwer macht - zu wissen, dass damit Staatsbedienstete, meinetwegen Wahlbeamte, entlohnt werden, die noch immer ihrer Erleuchtung harren." Ratcliff lachte. Er war plötzlich eigenartig aufgekratzt. Harper beschloss, ihn für manisch-depressiv zu halten, ohne genau zu wissen, was das ist. Aber in irgendeine Schublade musste er Ratcliff einfach stecken, um die Ordnung in seinem Denksystem aufrecht zu erhalten.

Ratcliff lachte noch immer. Das Ganze klang ziemlich gekünstelt. Jedenfalls wirkte es auf Harper so. Er verspürte nicht die geringste Lust, sich hier zum Gespött machen zu lassen, und prompt reagierte er körpersprachlich. Seine gewaltige Bauchdecke zitterte - ein untrügliches Zeichen für eine gewaltige Adrenalinausschüttung. In der Leber wurden bereits um diese Zeit die ersten chemischen Cocktails gemixt. Harper fühlte, wie ihm kleine Rinnsale von Schweiß den Nacken hinunterliefen, den Hemdkragen passierten, um sich - vereint zu einem mächtigen Strom - über seinen breiten Rücken zu ergießen.

Er wollte unter allen widrigen Umständen die aus dem Ruder gelaufene Situation in den Griff bekommen. Er war wild entschlossen, fest zuzupacken und nie mehr los zu lassen.

Ratcliff sah, wie Harper eine Fotografie aus seiner Jacke zauberte.

„Sie werden sich fragen, was der eigentliche Grund meines Besuches ist", leitete Harper die Wende des Gesprächs feierlich ein.

„Sie planen eine Asienreise und wollen sich von mir beraten lassen", zeigte sich Ratcliff wenig beeindruckt.

Dir werden deine Späße noch vergehen, Freundchen!

Harper erhöhte die Spannung, als er Ratcliff die Bildseite des Fotos vorenthielt.

„Was ich Sie fragen wollte, Mr. Ratcliff: - Sind Sie eigentlich verheiratet?"

„Nicht dass ich wüsste - ich bin Junggeselle, wenn Sie es genau wissen wollen." Ratcliffs Stimme klang plötzlich etwas gereizt.

„Machen Sie sich nichts aus Frauen?"

„Was ist das hier, Sheriff, was soll das werden - ein Verhör?"

„Sagen wir mal, es könnte der Beginn eines Verhörs werden. Ich bin aber gerade noch dabei mich aufzuwärmen. Im Augenblick möchte ich mir nur ein erstes Bild von Ihnen machen. Sie werden gleich sehen, dass ich guten Grund habe, zu fragen ..."

In Harpers Stimme lag stiller Triumph.

„Ich gehe davon aus, dass Ihre Frage im Zusammenhang mit dem Foto steht, dass Sie mir die ganze Zeit vorenthalten!"

„Ich enthalte Ihnen gar nichts vor. Ich will nur sichergehen."

„Inwiefern?"

„Weil ich Grund zu der Annahme habe, dass Sie einer der Akteure auf diesem Bild sind."

Mit einer leichten, aus dem Handgelenk kommenden Bewegung, ließ er das Foto wie eine Frisbee-Scheibe im Tiefflug über den Tisch gleiten.

Mit der Rückseite nach oben lag es nun unmittelbar vor Ratcliff. Der zögerte einen Moment, es umzudrehen. Als er es tat, sah er eine nackte Frau auf einem Mann sitzen. Der Mann war seiner Ansicht nach nur undeutlich zu erkennen.

Doktor Walter Ratcliffs Problem war, dass er die Frau kannte.

Das Motiv

Zur gleichen Stunde blätterte in Charles Town Bob Malvern müde und abgespannt im Obduktionsbericht, den ihm die Gerichtsmedizin heraufgeschickt hatte.

Der Deckel des dünnen Schnellhefters war mit der Aufschrift versehen:

**CALZONE, Federico,
03 – 04 - 07, Harpers Ferry.**

Damit waren die letzten Zweifel an der Identität des Opfers von Amts wegen ausgeräumt. Bis zu dieser Erkenntnis bedurfte es zweier Wunder.

Das erste Wunder bestand darin, dass sich die Kollegen aus New York endlich bequemten, die in Calzones Brooklyner Wohnung gesicherten Fingerabdrücke der im Mordfall „Bahnhof Harpers Ferry" gebildeten Sonderkommission zur Verfügung zu stellen. Die Prints waren mit jenen der am Tatort, den am Steuer des Honda Civic und denen in der Ferienwohnung gesicherten Abdrücken identisch.

Nach diesem zähen Vorlauf konnte mit einem zweiten Wunder beim besten Willen nicht mehr gerechnet werden. Es trat ein, als die New Yorker Polizei die bei einem Zahnarzt in der Patientenakte „Calzone, Federico *05-05-47, Brooklyn", archivierten Röntgenaufnahmen eines im August 98 begutachteten Unterkiefers übermittelte. Zahnschema und Amalgan-Füllungen stimmten mit jenen des Toten überein.

An Stelle eines dritten Wunders brachte das Ergebnis der DNA-Analyse die letzte, traurige Gewissheit, dass es sich bei dem Toten um Federico Calzone handelte. Statt eines Türschildes an seiner Wohnung auf Long Island, wies jetzt der mit gleichem Namen beschriebene Aktendeckel auf den derzeitigen Aufenthaltsort von Calzone hin - einem gut temperierten Kühlfach in der Anatomie. Dessen Inhalt erhielt nun anstelle der zuvor vergebenen Nummer posthum den bereits zu Lebzeiten getragenen Namen.

Calzone war aus nächster Nähe - einer Distanz von zwei, drei Metern - erschossen worden. Der Tod war sofort eingetreten.

Die Tatwaffe, mit großer Wahrscheinlichkeit ein 38er Revolver der Marke *Smith & Wesson*, konnte bislang nicht aufgefunden werden. Vermutlich lag er jetzt irgendwo auf dem Grund des Potomac. Der Grund für die Ermordung Calzones lag dabei weiter im Dunkeln.

Malvern nippte an einer Tasse Earl Grey. Irgendwie war er heute nicht auf dem Damm. Das chronische Schlaf-Defizit tat sein Übriges.

Es gab Augenblicke im Leben des Bob Malvern, da erwog er ernsthaft eine Veränderung seiner beruflichen Existenz. Mit der Zeit summierten sich seine nicht vollzogenen Schritte auf berufliches Neuland zu einer Chronologie der verpassten Gelegenheiten.

Er ließ die vergangene Woche vor seinem geistigen Auge Revue passieren.

Das macht doch alles irgendwie keinen Sinn: Da wird an einem Montag-Morgen an einer verlassenen Bahnstation ein Mann über den Haufen geschossen. Niemand hört einen Schuss. Wenige Minuten vorher fährt ein Lok-Führer namens Fred Tucker mit seinem Güterzug in Harpers Ferry vorbei und behauptet steif und fest, einen Mann im schwarzen Mantel und mit Sonnenbrille am Bahnsteig gesehen zu haben. Dann liegt ein Mann, auf den diese vage Beschreibung zutrifft, dort sage und schreibe zwei Stunden herum, bis er von einem Rentnerehepaar aus Phönix, Arizona, zufällig aufgefunden wird. Hingegen werden beim Toten weder Führerschein, Ausweis noch Kredit-Karten gefunden.

Es vergehen kaum vierundzwanzig Stunden und ein Mann namens Walker, seines Zeichens Mitarbeiter von Senator Fulbright, ruft den Alten an, um ihm mitzuteilen, dass er wichtige Informationen für ihn habe, die er ihm allerdings nur in D.C. übermitteln könne. Dort widerwillig angelangt, erfährt der Dicke, dass sich ein gewisser Calzone, Vorname Federico, seit Tagen bemühe, den Senator ans Telefon zu bekommen. Angeblich - so Calzone - verfüge er über Material, das den Senator sicher sehr interessierte - alles eine Frage des Geldes! Dann verabreden Walker und Calzone ein Treffen an der Eisenbahnbrücke in Harpers Ferry - das ist ja der nächste Weg von D.C. - und Walker fährt - so sagt er - entgegen seiner Zusage nicht hin, weil er so viel zu tun hätte. Den Senator behelligt er mit der Geschichte nicht weiter, da sich dieser nicht für Latrinenparolen interessiere. Walker selbst hat sich dafür aber sehr wohl interessiert.

Wenige hundert Meter vom verabredeten Treffpunkt entfernt, wird Calzone am besagten Tag ermordet. Walker scheidet als Tatverdächtiger aus. Er hat kein Motiv, da er das angeblich so interessante Material nicht kennt und für den Tatzeitpunkt ein Alibi seiner Bürogemeinschaft hat.

Weshalb er dennoch S.L. anruft und sich damit zunächst verdächtig macht, bleibt sein Geheimnis, zumal er nicht wissen kann, dass es sich bei dem aufgefundenen Leichnam tatsächlich um Calzones Hülle handelt.

Dann weiß kein Mensch, wie Calzone an den Bahnhof gelangt ist. Ein ihm zuzuordnendes Auto wird nicht sichergestellt. Anschließend werden in einer Groß-Aktion der Großraum Washington D.C. und acht Bundesstaaten auf der Suche nach dem Wagen umgegraben. Der steht derweil seelenruhig an der Shenandoah-Street in Harpers Ferry, nicht allzu weit vom Tatort entfernt.

Zufällig steht das Fahrzeug vor einem Ferienhaus, in dem sich nach Aussage der gegenüber wohnenden Dame seit vierzehn Tagen ein Mann aufhalte, auf den die Beschreibung von Calzone zutreffe. Im Ferienhaus finden sich stark vergrößerte Fotos, auf denen ein Paar beim Liebesspiel zu sehen ist. Die Frau - unbekannt - ist im Gegensatz zum unter ihr liegenden Mann gut zu erkennen.

Angenommen, bei dem von Calzone angebotenen Material handelt es sich um die Fotos - bliebe nichts anderes übrig, als den Senator zu befragen, was daran für ihn von Interesse sein solle.

Sollte es sich bei Calzones telefonisch gegenüber Walker gemachter Offerte um einen Erpressungsversuch gehandelt haben, dann war dieser geradezu stümperhaft in Szene gesetzt. Welcher Erpresser nennt seinen Namen?

Calzone war, nach allem was wir von ihm wissen, zu lange im Geschäft, um so idiotisch vorzugehen. Bleibt die Möglichkeit, dass es sich um Material handelt, dass einen politischen Gegner von Fulbright bloßstellt - wozu veröffentlichte Nacktaufnahmen ein geeignetes Medium wären ...

Bleibt ferner die Frage, wer außer Walker von der Verabredung wusste und statt seiner nach Harpers Ferry fuhr, um Calzone zu liquidieren?

Die Zeit ist zu kurz und der Tatort liegt zu zentral, um ohne Aufsehen eine Leiche fortschaffen zu können. Und dann setzt sich der Täter in den Mietwagen und fährt vom Tatort zur Ferienwohnung des Opfers. Wenn es so war, dann kannte der Mörder nicht nur den von Calzone genutzten Wagen, sondern zu allem Überfluss auch noch dessen Ferienadresse! Wenn nun aber die Fotos der Grund für die Ermordung Calzones gewesen sein sollten, warum lässt der Täter sie im Haus liegen? War er etwa gar nicht drinnen? Auf welche Weise, mit welchem Fahrzeug hat er dann seinen Weg fortgesetzt?

Die Spurensicherung hatte ganze Arbeit geleistet. Doch es führten für Malverns Geschmack - auf den sein Chef schon vor einigen Tagen gekommen war - zu viele Spuren geradewegs auf einen nächsten, liebevoll dekorierten Schauplatz zu. Eine Inszenierung, in der sich die einzelnen Schauplätze wie die Perlen einer Kette aneinander reihen. Eine Kettenreaktion mit ungewissem Ende.

Das mögliche Motiv erschloss sich ihm nicht. Das verlebte Leben des Opfers, eines kleinen Ganoven, hüllte sich für Malvern in graue, undurchsichtige Schleier. Malvern kam der ganze Fall schleierhaft vor. Was wusste er schon von Calzone?

Er hatte nur seine leblose Hülle gesehen.

Er kannte nicht die Gedanken dieses Mannes und vernahm nie seine Stimme.

Sein Chef, S.L., befand sich unter den Lebenden; mit ihm wusste Malvern notgedrungen etwas anzufangen, sah sich nicht genötigt, orientierungslos im Frühjahrsnebel von West Virginia herumzustochern.

Harper bot Angriffsfläche. Das konnte man von dem unterkühlten Mann in der Anatomie gerade nicht behaupten. Es blieben zu viele Fragen. Harper hingegen, antwortete auf Fragen, die nie jemand gestellt hatte.

Malvern quälte sich durch seine verzweigten Hirnwindungen. So ausgelaugt wie an diesem Tag, hatte er sich seit langer Zeit nicht mehr gefühlt. Er sehnte sich nach frischer Luft, war des stickigen Büro-Miefs einfach überdrüssig. Malvern beschloss spontan, hinüber nach Harpers Ferry zu fahren.

In Harpers Ferry angekommen, lief Malvern ein paar Schritte die abschüssige Hauptstraße hinunter. Es war Mittag, und alles schien wie ausgestorben. Selbst der Wind, der in den vergangenen Tagen noch von den Bergen wehte, hatte sich gelegt. Malvern brauchte folglich nicht mit Gegenwind rechnen. Die Kehrseite der Medaille war, dass im übertragenen Sinne auch der Rückenwind ausblieb. Malvern kam in diesem Mordfall einfach nicht schnell genug voran. Ihm war, als trete er auf der Stelle. Während er so beim Gehen seinen Gedanken nachhing, bildete er sich ein, dass die links und rechts stehenden, weiß und gelb lackierten Holzhäuser von langer Hand an ihm vorbeigezogen wurden.

Als kleiner, im Zugabteil sitzender Junge, blickte er mehrfach am Bahnhof aus dem Fenster und wartete auf den erlösenden Pfiff, der für den Zugführer das Signal war, den Zug in Bewegung zu setzen. Wie oft war er darauf hereingefallen, dass es endlich losgehe und dabei war der Zug auf dem Nachbargleis aus dem Bahnhof ausgefahren. Der kleine Bob aber stand mit samt seinem Zug auf dem in seiner Einbildung vom Bahnhofsvorstand zugewiesenen Abstellgleis herum. Es ging nicht weiter.

Daran musste er denken, als er die Straße hinunterlief.

Als Malvern auf der Höhe des Wachs-Museums um die Ecke bog, konnte er nicht ahnen, dass eine gute alte Bekannte von ihm gerade ihr Büro verließ, um eine kleine Pause im nur wenige Minuten entfernt liegenden Coffee Shop zu machen. Wenige Minuten später sollten sich beide genau dort treffen.

Auch Susan Tanner schien heute mit dem falschen Bein aufgestanden zu sein. Jedenfalls empfand sie es so. Nachdem aber keiner ihrer Kollegen sie nach ihrem Befinden gefragt hatte, behielt sie ihre momentane Befindlichkeit für sich. Dies war beileibe nicht Susans Tag. Sie hatte gestern zu lange über dem Layout des von ihr herausgegebenen Anzeigenblattes gesessen und dabei wider besseren Wissens und gegen alle Vernunft zu vorgerückter Stunde Unmengen Zigaretten geraucht und Kaffee getrunken. Nach der Schluss-Redaktion war sie nach Hause gefahren und kurze Zeit später völlig fertig ins Bett gefallen. In der

Waagrechten wurde sie dann von einer heftigen Unruhe ergriffen, die Susan veranlasste, einerseits sich selbst und andererseits ihre Gedanken hin und her zu wälzen. Irgendwann in den frühen Morgenstunden war sie dann doch noch eingeschlafen. Das muss kurz vor dem ersten schrillen Ton ihres Weckradios gewesen sein. Da Susan seit ihrer gescheiterten Ehe allein lebte, waren es einzig ihre Kopfschmerzen, die sie gleich nach dem Aufwachen freudig begrüßten. Im Laufe des Tages gesellte sich die späte Reue über einen ungesunden Lebenswandel hinzu.

Nun lehnte Susan Tanner mit dem Rücken zum Lokal an der Wandtheke und führte ein Glas kalter Milch zum Mund. Versonnen betrachtete sie ihr Äußeres in dem fast die ganze Wandfläche einnehmenden Spiegel. Für gewöhnlich war sie eine hübsche Frau, mit einem Paar hellwach und überaus freundlich in die Welt blickenden Augen. Doch jetzt schauten zwei von tiefen, schwarzen Ringen gerränderte, schlitzartig zusammengekniffene Augen in ein verquollenes Gesicht im Spiegel. Für Susan Tanner war dies eine unheimliche Begegnung der Dritten Art. Als alleinstehende Frau war sie gewohnt, einiges auszuhalten. Heute musste sie sich mit Blick in den Spiegel selbst aushalten. Und das war keine leichte Übung für sie. Wäre sie in ihrer Gewichtsklasse Titelverteidigerin im Damenboxen gewesen, hätte ihr Trainer nach dieser Lokalrunde das Handtuch geworfen. Susan sah aus, als habe sie jede Menge Schläge einstecken müssen. Aber da war niemand, der das Handtuch warf. Als sie im Wandspiegel sah, dass ihr alter Bekannter

Bob - einer der Hauptdarsteller in einer unglücklich verlaufenen, früheren Liebesgeschichte - den Laden betrat, wünschte sie sich, dass ein riesiges Badehandtuch sekundenschnell ihren Kopf verhüllen möge. Da dieser Wunsch nicht in Erfüllung ging, hatte Malvern eine faire Chance, Susan Tanner wieder zu sehen. Er bemerkte sie zunächst nicht. Eher zufällig stellte er sich an einen, im Rücken von Susan Tanner stehenden Bistrotisch, und blickte über ihre Schulter hinweg in den Spiegel. Als sich beider Blicke trafen, war es auch schon zu spät.

„Mensch, Susan, wie siehst Du denn aus?"

Die wenigen, um diese Stunde anwesenden Gäste, fragten sich dies in diesem Augenblick auch. Susan Tanner hätte Malvern an die Wand klatschen können! Alternativ hoffte sie, dass sich unter ihr eine Falltür öffnete, die sie schlagartig von der Bildfläche verschwinden ließe.

Nach dem unterlassenen Wurf des Badehandtuchs, versagte ihr nun auch die nicht vorhandene Bodenluke den Dienst.

Bob jonglierte seinen Teller mit Southern Fried Chicken an Broccoli und ein Glas Eistee durch die Lücke zweier Bistro-Tische und setzte neben ihr zur Landung an. Susan war trotz emsigen Bemühens nicht im Erdboden von Jefferson County versunken. Das konnten die wenigen Gästen bezeugen, die noch immer zu ihr hinüber stierten.

„Susan, was hast Du denn gemacht? Hast Du Dich auf der Damentoilette um einen Sitzplatz geschlagen?"

Susan Tanner liebte Bobs trockenen Humor. Und

weil dieser heute besonders trocken ausfiel, stürzte sie vorsichtshalber das Glas Milch in wenigen Zügen hinunter.

„Mädchen, musst Du einen Durst haben!"

Susan war überzeugt, bislang noch kein einziges Wort verloren zu haben. Dass half ihr nichts, denn Malvern suchte das Gespräch. Er war soeben im Begriff, die entstandene Pause mit gesprochenen Texten aus eigenem Anbau zu füllen.

Susan lächelte gequält.

„Hallo Bob." Der Moll-Ton ihrer Stimme ließ jede Begeisterung vermissen.

Bob Malvern war das egal; er fühlte sich von seiner alten Freundin Susan in geradezu aufmunternder Weise angesprochen.

Sender und Empfänger befanden sich vernehmbar noch nicht auf gleicher Frequenz.

„Wie gehts dir, Sweetheart?"

Susan spielte einen Moment mit dem Gedanken, das geleerte Milchglas in den Spiegel zu pfeffern. Doch zum Glück für alle Beteiligten, fehlte ihr heute der rechte Schwung.

Malvern konnte dies bei ihrem Anblick nicht von sich behaupten. Susan Tanner gelang es, ohne allzu viele Worte Bob Malverns Lebensgeister zu wecken. Dies schaffte sie, obwohl sie selbst von bleierner Schwere erfüllt war.

„Hast du Deine Schnaps-Zeitung schon in Sack und Tüten?"

„Du meinst unser Anzeigen-Blatt?" fragte sie betont sachlich zurück.

„Ja, natürlich. Eure Schnaps-Zeitung halt!"

„Die Zeitung ist gerade im Druck."

„Und du - was ist mit deinen Augen los?"

Malvern übte sich in Zurückhaltung. Aber auch diese Übung misslang.

„Ich habe eine fürchterliche Allergie. Immer wenn ich einen Cop sehe, kann ich nicht mehr aus den Augen schauen."

Bob Malvern fühlte sich nicht angesprochen und sprach, während er auf einem Stück Broccoli kaute und zur Untermalung seiner Worte mit einem Hähnchenschlegel vor Susans Gesicht herumfuchtelte: „Schau mir in die Augen, Kleines!"

Sie funkelte ihn böse an.

Malvern sah nur das Blitzen in ihren gefährlich kleinen Augen. Er verspürte mehr Neigung als Angst, sich die Finger zu verbrennen. Seit er denken konnte, war er Feuer und Flamme für sie. Susan erwehrte sich, indem sie zur Abwehr der ständig drohenden freundlichen Übernahme durch Bob, nach außen die Erotik eines Orthopädie-Fachgeschäftes ausstrahlte. Malvern fühlte sich gerade durch diesen Widerstand angezogen.

„Hast wohl wieder nichts zu tun?" warf sie Malvern kurzerhand an den Kopf.

Er missverstand ihre Abwehr zu ihrem Unbehagen als Aufforderung zum Tanz.

Hätte er sie aufgefordert, hätte sie einen Krampf in beiden Beinen vorgetäuscht.

Schmerzlich hatten sich die gemeinsamen Tanzstunden-Erlebnisse in ihre Erinnerung eingegraben. Schon damals wünschte sie sich sehnlichst, Bob lerne endlich einmal auf eigenen Füßen zu stehen. Ihm waren seine Fehltritte nie sonderlich aufgefallen, auch wenn er sich fragte, weshalb ihn seine Tanzpartnerin ständig unterlief. Es war eine Frage des Standpunkts. Den seinen nahm er meist auf einem ihrer Lackschuhe ein.

Sie hatte Bob längere Zeit nicht gesehen und heute wirkte er in seiner unbeholfenen Anmache wie ein großer Junge, den man einfach in die Arme nimmt, um einen ganzen Kerl aus ihm zu machen. Aber so weit sie das aus ihren geschwollenen Augen überblicken konnte, lagen noch Welten von Hühnerfleisch und Broccoli zwischen ihnen. Und das machte sie nun wirklich nicht an. Nach einer kleinen Ewigkeit sagte Malvern:

„Du weißt doch, dass ich mir für die da oben den Hintern aufreiße. Ich kann vor lauter Arbeit nicht mehr aus den Augen sehen!"

„Wem sagst Du das?"

„Na, dir sage ich das, Darling!"

„Lass das bitte - hör auf zu träumen, Bob!"

„Susan, wir gehören zueinander wie Hard- und Software", flüchtete er in einen gewagten Vergleich aus dem EDV-Baukasten.

„Wir sind nicht kompatibel, Süßer. Und lass die Finger von meiner Benutzeroberfläche!"

„Mach ich doch glatt!"

„Dann tu es doch!" Dabei stieß sie seine linke Hand,

die sich beinahe unmerklich auf ihr Knie legte, entschieden zur Seite.

„Susan, was hast du denn?"

„Einen letzten Funken Selbstachtung, Bob!"

Sie sagte dies sehr bestimmt. Widerspruch war nicht angesagt.

Und bevor er seinen offenen Mund wieder schließen konnte, wechselte sie das Thema. Sie hatte die Nase gestrichen voll von diesem Beziehungsstress.

Männer waren ihr auf Dauer einfach zu anstrengend. Bob war es ihrem Empfinden nach schon nach kurzer Dauer.

„Was macht deine Leiche?"

„Wie du siehst - und hörst - erfreue ich mich bester Gesundheit!"

Malvern lachte.

„Wie lustig! Du weißt genau, was ich meine ..."

„Ich kann mich gut in Frauen hineinversetzen ...", hob Malvern an.

„Das ist das Problem!" bügelte ihn Susan Tanner ab, worauf das glatte Gesicht Malverns die ersten Knitterfalten bekam.

Tanner war eine leidenschaftliche Journalistin, der der große Sprung aus der Provinz bislang nicht gelungen war. Das tat ihrer Leidenschaft keinen Abbruch. Im Gegenteil. In Harpers Ferry zählte sie neben dem Bürgermeister und der Schuldirektorin, dem Pfarrer, diversen Predigern einiger Freikirchen und einem Rechtsverdreher namens Ratcliff, zu den unbestrittenen Meinungsführern.

Wäre sie an diesem Tag nach ihrer Meinung zu Bob Malvern befragt worden, hätte sie dem Fragesteller prompt die Meinung gesagt.

Da keiner fragte, sagte sie stattdessen:

„Lenk nicht von deinem kleinen Italiener ab!"

„Ich verstehe nur Bahnhof! Welcher kleine Italiener?"

„Den vom Bahnhof meine ich, Schätzchen!"

Sie sagte es in einem Ton, als wolle sie Malvern durch den Fleischwolf drehen.

„Ach, der vom Bahnhof - der ist tot, glaube ich ..."

„Was du nicht sagst! - Ich gehe davon aus, dass das euer neuester Ermittlungsstand ist."

„Der bisherige, Susan, der bisherige - den neuesten werde ich dir ganz bestimmt nicht auf deine hübsche Nase binden, die du sowieso überall rein steckst!

Eher gebe ich der *Washington Post* ein Exklusiv-Interview - ha, ha, ha!"

Malvern bog sich vor Lachen.

„Dafür, dass Little Italy hier wie ein Trüffelschwein rumgeschnüffelt hat, lässt du es zusammen mit dem Fettpolster Harper recht gemütlich angehen!"

„Werd bloß nicht zickig! Was heißt hier gemütlich angehen? Wir sind Tag und Nacht auf den Beinen! Und überhaupt - was weißt du schon?!"

„Mehr als dir lieb sein wird, Schatz!"

„Gib gefälligst nicht so an!" fuhr Malvern sie an.

Susan Tanner legte einen Köder aus:

„Stimmt es, dass dein süßer kleiner Calzone unseren ehrwürdigen und über alle Parteigrenzen hinweg beliebten Doktor Walter Ratcliff, seines Zeichens Rechtsanwalt, erpresst hat?"

Susan, das Biest, stieß ihm den blanken Stahl dieser messerscharfen Frage geradewegs ins Herz seiner Ermittlungstätigkeit.
Bob Malvern rang nach Luft.
Er war atem- und sprachlos.
Sie hatte nur geblufft und ihn dabei eiskalt erwischt.
„Haben Sie noch einen Wunsch?" hörte er eine Stimme.
Malvern war wunschlos unglücklich.

Die Katze

Wäre es nach ihm gegangen, dann hätte sich John Samuel Lee Harper längst sein klitschnasses Hemd vom Leib gerissen. Aber er war nun einmal von Amts wegen Sheriff und als Amtsperson einer gewissen Kleiderordnung verpflichtet, von der mancher in seiner Umgebung meinte, sie werde von ihm ohnehin sehr großzügig ausgelegt. Nach Harpers Verständnis war für das Ausleben persönlicher Neigungen in seinem Beruf wenig Raum.

Harper ließ Ratcliff keinen Moment aus den Augen. Dieser hielt jetzt mit seinen gepflegten, langen Fingern das Bild in Händen. Nun schob er mit der linken Hand das dünne Brillengestell vom Nasenhöcker auf die Stirn. Mit der Rechten führte er die Fotografie in sein unmittelbares Gesichtsfeld, beugte seinen Oberkörper wie zur Verstärkung nach vorne und betrachtete den Abzug mit zugekniffenen Augen.

Harper meinte in Ratcliffs Gesicht ein leichtes Zucken wahrzunehmen. Aber vielleicht war hier, wie man so sagt, der Wunsch der Vater des Gedankens. Nur zu gern wollte Sheriff John Samuel Lee Harper den Anwalt schwitzen sehen. Harper war nach allen Seiten offen für die Schwingungen, die vom anderen Ende des Tisches ausgingen. Mit jeder Pore seiner Haut lauerte er nun darauf, jedes noch so kleine Anzeichen plötzlicher Schwäche seines Gegenübers aufzunehmen. Der Sheriff genoss die Situation.

In Gedanken sah er sich, bekleidet mit einem Trainingsanzug gemütlich auf seiner Couch lümmeln und TV schauen, in der Rechten eine behaglich vor sich hin glimmende Virginia, in der Linken eine frische Dose mit *Budweiser*.

Er hatte Zeit. Er hatte alle Zeit der Welt. Im Geiste sang Louis Armstrong mit seiner unvergleichlich rauen Stimme den Titelsong aus dem Bond-Film „On her Majesty's Secret Service" – „WE HAVE ALL THE TIME IN THE WORLD".

Ja, wir, Sheriff John Samuel Lee Harper, Harpers Ferry, Jefferson County, West Virginia, haben alle Zeit der Welt!

Doktor Ratcliff schwieg vernehmbar. Das Schweigen breitete sich wie ein unsichtbares Gas im ganzen Raum aus. Man konnte es nicht riechen, aber man ahnte, dass es da war. Es waberte aus Ratcliffs Schädel, strömte in nur von Harper wahrnehmbaren Nebelschwaden über den Tisch, um dann zur Decke des Arbeitszimmers aufzusteigen. Es verschwand hinter den Bücherrücken, die sich kurz aufblähten, um dann wieder ihre gewohnte äußere Form anzunehmen.

Ratcliff sah kurz auf und wunderte sich, weshalb sein ungebetener Gast ein Taschentuch vor Mund und Nase hielt und hörbar flach atmete.

Dann zerschnitt Ratcliff mit dieser kurzen, präzisen Frage den Dunst des von ihm ausgehenden Schweigens:

„Woher haben Sie das?"

„Das Foto?" fragte Harper unschuldig zurück.

„Ja, das *Foto* ...", „bestätigte Ratcliff.
„Es hing an einer Wäscheleine."
„An welcher Wäscheleine?"
„An einer Wäscheleine in einem privaten Fotolabor ... "
„Das verstehe ich nicht ..."
„Dieses Foto haben wir im Rahmen unserer Ermittlungstätigkeiten sichergestellt, Mr. Ratcliff."

Da der Sheriff Oberwasser verspürte und er sich Ratcliff intellektuell nicht mehr unterlegen fühlte, meinte er, auf den Doktortitel Ratcliffs in der Anrede getrost verzichten zu können. Er gebrauchte den Titel fortan nie mehr.
„Gestatten Sie mir zur Abwechslung eine Frage ..."
„Gerne, Mr. Ratcliff, fragen Sie, soviel Sie wollen!"
„Was, um alles in der Welt, hat das Foto mit mir zu tun? Ich verstehe den Zusammenhang nicht..."
„Den Zusammenhang mit Ihnen, meinen Sie?"
„Exakt - den Zusammenhang mit mir."
„Oh, Entschuldigung!" heuchelte Harper. „Ich hab ganz vergessen, Ihnen das hier zu zeigen!"
Harper reichte Ratcliff ein weiteres Bild hinüber. Der Anwalt nahm es entgegen. Es zeigte im Wesentlichen das gleiche Motiv.
„Und, was soll damit sein?"
„Diesmal ist die Rückseite aufschlussreicher", antwortete Harper.
Er war so gespannt wie ein Flitzebogen, von dessen Sehne jederzeit ein neuer Fragepfeil ins Ziel befördert

werden konnte. Harper hatte aufmunitioniert und Fragen, nichts als Fragen im Köcher. Jeder Schuss ein Treffer!

Ratcliff drehte das Foto um.

„Und, Mr. Ratcliff, was lesen Sie da?"

Ratcliff las: RATCLIFF, WALTER.

„Sie werden verstehen, dass ihr - offensichtlich vom Fotografen der Nachwelt hinterlassene Name Fragen aufwirft. Wir können uns nicht erklären, was der Name auf der Rückseite - Ihr Name - mit der reizenden Dame auf dem Bild zu tun haben könnte!"

Ein weiterer Pfeil surrte von der nachschwingenden Sehne über den Tisch.

„Mr. Ratcliff, können Sie sich das erklären?"

„Ich verstehe noch immer nicht ..."

„Was verstehen Sie nicht?"

„Was das alles mit mir zu tun haben soll - nur, weil da mein Name hinten drauf steht!"

„Würde meiner drauf stehen, würde ich Ihnen nicht Ihre kostbare Zeit stehlen ..."

„Da sprechen Sie endlich mal ein wahres Wort, Sheriff!"

„Ein wahres Wort würde ich nur allzu gerne von Ihnen hören ..."

„Soll das heißen, ich sage die Unwahrheit?!"

„Mr. Ratcliff - beruhigen Sie sich bitte! Ich brauche Ihre Hilfe, um hier weiterzukommen ..."

Harper und Ratcliff belauerten sich wie zwei Sumo-Ringer.

Harper brachte sein ganzes Gewicht mit ein. Ratcliff tat hingegen so, als habe das Frage- und Antwort-Spiel mit ihm nichts zu tun. Er wusste, dass aus dem Spiel längst blutiger Ernst geworden war.

„Wie stellen Sie sich das vor? Sie spazieren hier einfach rein und wedeln mir mit einem Foto unter der Nase rum!"

„Immer schön der Reihe nach. Ich war angemeldet. Sie haben mich rein gebeten. Wedeln tun Sie!"

Ratcliff beförderte das Bild mit einer wegwerfenden Handbewegung auf den Tisch.

„Herein gebeten habe ich Sie nicht. Noch nicht einmal eingeladen!"

„Das wäre auch zuviel verlangt. In Ausübung meines Amtes verschaffe ich mir notfalls selbst Zutritt! Ich tue das immer dann, wenn es geboten ist."

„In diesem Fall ist es aber nicht geboten!"

Ratcliff wurde laut.

„Ganz ruhig bleiben, Mr. Ratcliff", beschwichtigte ihn Harper in ruhigem, aber bestimmtem Ton.

Er hatte Zeit. Er und „Satchmo", alias Louis Armstrong, hatten alle Zeit der Welt.

Ratcliff setzte sich wieder auf seinen Stuhl, von dem er kurzzeitig aufgesprungen war.

Deutlich ruhiger sagte er mit leiser, leicht verzweifelter Stimme:

„Ich verstehe das alles nicht …"

„Ich helfe Ihnen gerne weiter."

„Eben brauchten Sie noch meine Hilfe!"

Ratcliff hob die Stimme wieder ein wenig.

„Vielleicht sagen Sie mir einfach, wer die Frau auf dem Foto ist?"

Harper hatte wieder einen Pfeil als Frage abgeschossen, der sich als regelrechter Befehl federnd in Ratcliff bohrte.

Der Anwalt nahm erneut das verworfene Foto zur Hand. Er betrachtete es aufmerksam.

„Die Frau kommt mir irgendwie bekannt vor - dass heißt, nicht in diesem Aufzug ...", sagt er plötzlich, so, als wolle er sich Erleichterung verschaffen.

„Sie meinen, Sie haben sie schon einmal gesehen?"

„Ich glaube, ja. - Das Foto ist offensichtlich eine Vergrößerung und sehr grobkörnig ...", schränkte Ratcliff seine unmittelbar bevorstehende Zeugenaussage ein.

Nächster Pfeil: „Wo haben Sie die Dame schon mal gesehen?"

Ratcliff rieb sich sein Glaskinn.

„Wenn ich mich nicht sehr täusche - aber das kann nicht sein!"

„Sie meinen, es kann nicht sein, was nicht sein darf?"

„Die Vorstellung, sie nackt zu sehen ..."

„Mich??" fragte Harper erstaunt.

„Nein - doch nicht Sie!!" Ratcliff schauderte bei dem Gedanken.

„Sie - die Frau!"

„Ich dachte es mir gleich", beruhigte sich Harper.

„Ich muss vorsichtig sein, mit dem, was ich jetzt sage - ich will niemanden belasten, gar in Verruf bringen - immerhin ist das Foto nicht sonderlich scharf ..."

„Je nach dem, wie man es sieht", sinnierte Harper. Er hatte immer noch die Zeit, auch solchen weniger sachdienlichen Hinweisen nachzugehen.

„Die Frau erinnert mich an eine Mandantin, die vor längerer Zeit einmal hier war - irgendeine unbedeutende Grundstücksangelegenheit. Oder war es eine Verkehrssache?"

„Dem Bild nach zu urteilen, könnte es durchaus eine Verkehrssache gewesen sein", witzelte Harper. Ratcliff war zu solchen Späßen nicht aufgelegt. Er hielt sie für niveaulos.

Ratcliff drückte auf die Sprechtaste.

„Jennifer? - Schauen Sie doch mal bitte unter „L" - Loft oder Low oder so ähnlich - das war, glaube ich, diese Grundstücksgeschichte in Sulphur Springs. Bringen Sie mir das mal bitte rein ..."

Es dauerte nicht lange und Mrs. Jennifer Johnson schritt, nicht zu schnell und nicht zu langsam, herein. Mit einem betont freundlichen Blick würdigte sie zunächst den Sheriff, um sich dann dem Anwalt zuzuwenden. An beide gerichtet sagte sie: „LOW, L-O-W, Catherine, Frederick, Maryland. Erbstreitigkeit mit dem Bruder um ein Feriengrundstück in Sulphur Springs. Sie war vor zwei Monaten hier."

„Habe ich mich also doch richtig erinnert", bestätigte sich Ratcliff selbst.

Mrs. Johnson überblickte, erfüllt von Ordnungsliebe und Diskretion, flüchtig den Schreibtisch und errötete leicht, als sie die vor Ratcliff liegenden Fotos sah. Ihre Liebe galt der Ordnung. Über andere Vorlieben verlor sie kein Wort. Vielleicht war „SEX" gar ein Fremdwort für sie, das sie niemals im Leben aussprach.

„Hier ist es - Catherine Low ..."

Ratcliff blätterte in der Akte.

„Warum nimmt die sich keinen Anwalt in Frederick?" wollte Harper wissen.

„Die Frage habe ich mir - das heißt - ihr - auch gestellt. Sie war auf dem Rückweg von der Testamentseröffnung beim Notar, als sie mich aufsuchte. Sie hatte sich Nummer und Adresse aus dem Telefonbuch einer öffentlichen Fernsprechzelle herausgesucht. - Ich kann mich deshalb noch so genau erinnern, weil es mir und Mrs. Johnson wahnsinnige Mühe bereitete, sie terminlich noch in den Tagesablauf hineinzuquetschen. Ich hatte für den Nachmittag noch einen Gerichtstermin im Kalender stehen. - Mehr als zwanzig Minuten waren für sie nicht drin gewesen. Wir hatten deshalb gleich einen Folgetermin vereinbart."

Mrs. Johnson, deren Gesicht noch immer gut durchblutet war, bestätigte dies in groben Zügen.

„Und Sie meinen, dass es sich bei Frau Low um die Person auf dem Foto handelt?"

Ratcliff war die Situation unangenehm. Für ihn war das ein regelrechter und nahe am Parteienverrat grenzender Vertrauensbruch. Seine christliche Lebensweise erwies sich stets als hinderlich, wenn es darum ging, zu lügen. Er blieb vorzugsweise bei der Wahrheit und hielt allenfalls das eine oder andere Detail zurück. Wäre es ihm möglich gewesen, hätte er den Tag verflucht, an dem diese Ausgeburt von Sheriff in seinem Büro auftauchte.

„Was meinen Sie, Jennifer?"

Ratcliff hielt Mrs. Johnson eines der Fotos direkt unter die Nase.

Mrs. Johnson wäre am liebsten in den Erdboden

versunken, aber sie stand auf festem Grund und im Anstellungsverhältnis zu Doktor Ratcliff, ihrem Chef. Da durfte sie sich nicht so anstellen. Ihr stockte der Atem. Sie war verlegen.

John Samuel Lee Harper zählte die roten Flecken an ihrem schlanken Hals. Es waren fünf. Er zählte nach. Es waren immer noch fünf.

„Ich habe den Mann noch nie gesehen …", sagte sie zögerlich und kaum vernehmbar.

„Ich fragte auch nach der Frau, Jennifer. Der Mann ist ja nicht zu erkennen!"

Jennifer Johnson tastete mit ihren Blicken den nackten Oberkörper der abgelichteten Frau ab. Es schien, als scheue Mrs. Johnson davor zurück, der Frau ins Gesicht zu sehen. Die hätte sie nicht beachtet. Ihre Augen waren erkennbar geschlossen, der Mund leicht geöffnet.

„Ich weiß nicht, Doktor Ratcliff, ich bin mir da völlig unsicher …"

Johnson schien völlig überfordert. Schluchzend verließ sie das Zimmer.

„Sheriff, Sie sehen doch, das können Sie weder von Mrs. Johnson, noch mir verlangen! Sie bringen uns hier in eine verflixte Zwickmühle! Ich bereue schon, dass ich überhaupt etwas gesagt habe!"

Harper hatte Zeit, unendlich viel Zeit. Seelenruhig spannte er die Sehne erneut. Er hatte den Bogen raus.

„Warum meinen Sie, Mr. Ratcliff, steht ausgerechnet Ihr Name auf dem Foto?"

„Fragen Sie mich bitte etwas Leichteres! Was weiß

ich? Wer sagt Ihnen überhaupt, dass ich damit gemeint bin?"

„Sie sind der einzige Walter Ratcliff in Harpers Ferry."

„Aber doch nicht in Jefferson County!!

Sheriff, ich frage mich, was das Ganze hier soll?!"

„Schauen Sie sich die beiden Fotos doch einmal genauer an."

„Ich habe dummerweise bereits eine Vermutung geäußert. Das war ein unverzeihlicher Fehler. Dabei möchte ich es belassen."

„Den Mann auf dem Bild erkennen Sie nicht?"

„Nein, genauso wenig wie Mrs. Johnson."

„Mrs. Johnson war das Foto einfach nur peinlich. Das dürfte Ihnen nicht entgangen sein", erwiderte Harper.

„Ich sagte Ihnen bereits, dass ich den Mann nicht kenne. Und um Missverständnissen vorzubeugen - es handelt sich gewiss auch nicht um einen Klienten von mir. Und wenn ja, dann würde ich es Ihnen gegenüber mit keiner Silbe erwähnen."

Ratcliff machte zu.

„Sie schließen definitiv aus, dass es sich bei der abgebildeten, männlichen Person um Sie handeln könnte?"

„Selbst wenn es so wäre, ginge Sie das nichts an! Ich halte es im Übrigen für bodenlos, in welcher Weise Sie hier meine Intimsphäre berühren", wehrte sich Ratcliff.

„Ich meine, wir sollten das Gespräch jetzt beenden.

Jeder andere Bürger der Vereinigten Staaten würde schon längst schweigen oder nach einem Anwalt verlangen. Wie Sie sehen, vertrete ich mich selber."

„Mr. Ratcliff - für uns sind Sie Zeuge, unter Umständen sogar Opfer."

„Opfer?" fragte Ratcliff mit ungläubigem Gesichtsausdruck nach.

„Opfer eines Erpressungsversuchs, beispielsweise."

„Womit will man mich denn erpressen - bei meinem in rechter Bahn verlaufenden Lebenswandel?" Ratcliff zeigte sich leicht amüsiert.

Unglaublich, welche Reaktionsbreite das Kerlchen hat! dachte Harper.

„Wir halten es keineswegs für einen Zufall, wenn in einem Haus in Harpers Ferry, in dem bis Montag letzter Woche vorübergehend ein Mann aus New York lebte, eindeutige Fotos sichergestellt werden, auf deren Rückseite ihr Name prangt. Noch viel weniger für einen Zufall halten wir es, wenn unter dem Dach des Hauses ein Beobachtungsposten eingerichtet wurde, der Ihr Haus und dessen Bewohner ins Visier nimmt. Und für geradezu kriminell halten wir es, wenn dieser Voyeur an einem Montagmorgen erschossen am Bahnsteig dort unten aufgefunden wird!"

„Gute Rede, Sheriff! Das Wichtigste haben Sie allerdings vergessen. Sie haben versäumt, mich zu Anfang Ihres Besuches über meine Rechte aufzuklären."

„Ich dachte, Sie kennen als Anwalt ihre Rechte!" Harper reichte es langsam. Ratcliff reichte es längst.

„Sie können sich meine Aussage noch nicht einmal

in den Kamin stecken - mitgeschrieben haben Sie auch nicht!"

„Mr. Ratcliff - bisher habe ich Sie als Zeugen vernommen. Das nächste Mal sehen wir uns in meinem Büro. Da dürfen Sie dann alles der Reihe nach erzählen. Und da wird auch dafür gesorgt sein, dass Ihre Worte der Nachwelt erhalten bleiben!"

„Ich bin gerührt!"

„Den Eindruck habe ich nicht ..."

„Mir ist völlig egal, welchen Eindruck ich bei ihnen hinterlasse!"

„Das bezweifele ich, Mr. Ratcliff."

„Wenn ich an etwas zweifle, dann an Ihren abenteuerlichen Ermittlungsmethoden!"

„Ihre Zweifel sind verfrüht. Sie haben meine Ermittlungsmethoden noch gar nicht kennen gelernt."

„Ich lege auch keinen gesteigerten Wert darauf. Bei allem, was ich heute hier erlebt habe!"

„Das ist noch gar nichts!"

„Ich fürchte, Sie haben Recht und es kommt tatsächlich noch schlimmer!"

„Das hängt ganz davon ab, wie kooperativ Sie sind! Auf Wiedersehen, Mr. Ratcliff!"

Harper stand auf, nahm die Fotos an sich, reichte Ratcliff flüchtig die Hand und verließ das Büro.

„Auf Wiedersehen, Sheriff!" rief ihm der Anwalt noch nach.

Das war glatt gelogen.

Sheriff John Samuel Lee Harper hatte alle seine

Pfeile - auch die vergifteten - verschossen. Mit leerem Köcher trat er ins Freie.

Es war ein Fehler gewesen, Malvern nicht mitzunehmen. Aber wer hätte ahnen können, dass Ratcliff sich so verschließt? Harper war zu lange im Geschäft, um zu wissen, dass er von Ratcliff nicht erwarten konnte, dass er sich selbst belastet. Das Foto war in jedem Fall ein weiteres Puzzle-Teilchen auf dem Weg zur Lösung des Falls. Es musste nur noch an der richtigen Stelle eingefügt werden. Und diese Stelle vermutete Harper in Frederick, Maryland – genau genommen bei Catherine Low.

Als Harper in den Wagen stieg, funkte ihn Malvern an.

„Mensch, Chef - wo stecken Sie die ganze Zeit?!"

„Hören Sie zu, Malvern, haben Ihnen die Penner nicht gesagt, dass ich einen Hausbesuch bei Doktor Ratcliff mache?!"

„Doch, dass haben die Kollegen mir ausgerichtet! Aber hier läuft eine Journalistin durch die Gegend, die erzählt allen Leuten, dass Ratcliff erpresst wird …"

Sheriff Harper stöhnte hörbar auf.

„Sagen Sie das bitte noch mal!"

„Hier läuft …"

„Ich hab's schon kapiert, Malvern! - Wie heißt die Frau?"

„Es ist Susan - Susan Tanner."

„Warum sprechen Sie auf einmal so leise, Malvern? Hätten Sie die Güte, den Namen ausnahmsweise zu wiederholen?"

„Ich sagte, die Dame heißt TANNER."

„Höre ich da SUSAN TANNER?!"

„Sie hören richtig, Sir ..."

„Ist das nicht Ihre Sandkastenliebe?"

„Chef, ich kann Sie nicht verstehen - Sie fahren offenbar gerade durch ein Funkloch ..."

„Ich gebe Ihnen gleich FUNKLOCH! Ich bin noch gar nicht losgefahren, Sie trauriger Held! Packen Sie Ihre sieben Sachen! - Wir machen einen kleinen Ausflug nach Frederick - nur wir zwei, Sie und ich."

„Wie?! - Chef, ich verstehe Sie ganz schlecht!"

„Lassen Sie sich mit dem C-Rohr die Ohren ausspritzen! Wir besuchen eine Dame, die ganz gut drauf ist. Machen Sie Ihrem PC Beine und suchen Sie die Adresse raus!"

„Wie?"

„Zum Donnerwetter, Malvern, spreche ich etwa Chinesisch?!

Sie sollen die Adresse von CATHERINE LOW in Frederick feststellen!

L-O-W - C-A-T-H-E-R-I-N-E, wie „cat", die Katze!"

Der Besuch

Frederick, Maryland,
Mittwoch, 16. April;

Catherine Low erwachte. Sie wusste nicht, wie lange sie geschlafen hatte.

Ihr Mund war trocken, der Hals rau. Sie versuchte mit der Zunge die spröden Lippen anzufeuchten. Die Zunge hing wie ein Fremdkörper am Gaumen.

Mit leerem Blick starrte sie zur Decke des Krankenzimmers hinauf. Wie lange mochte sie hier schon liegen? Sie hatte jegliches Zeitgefühl verloren. Sie fühlte sich benommen. Langsam, eher mechanisch, wandte sie ihren Kopf auf dem Kissen nach rechts. Auf dem Nachtkasten stand eine Schnabeltasse.

Es kostete sie viel Willenskraft, bis ihr rechter Arm endlich die Tasse mit der begehrten Flüssigkeit erreichte. Ihre Hand zitterte. Langsam führte sie die Schnabeltasse zum Mund. Gleichzeitig versuchte sie den Kopf etwas anzuheben. Kühler Pfefferminztee rann durch ihre Kehle. Sie spürte förmlich, wie ihre Geschmacksnerven erwachten.

Sie blickte im Raum umher:

Ihr Bett war parallel zum Fenster ausgerichtet, von diesem etwa zwei Meter entfernt, dazwischen der Nachttisch. Am Fußende stand ein Tisch mit grauer Resopalplatte, flankiert von zwei nierenförmigen Plastik-Stühlen, wie sie in den fünfziger Jahren gebräuchlich waren. Ihre grässliche, rote Farbe war der einzige farbliche Akzent, den man in diesem öden Raum gesetzt hatte.

Auf der von ihr aus gesehen linken Seite nahm sie einen Einbauschrank wahr, in dem jetzt wahrscheinlich ihre Kleider hingen.

Rechts vom Schrank befand sich die Tür, die anscheinend den Weg zum Stationsflur wies.

Hinter einem halb geöffneten Vorhang war eine kleine Nische eingelassen. Darin vermutete sie ein Waschbecken, da sie aus diesem toten Winkel des Zimmers, seit sie wach geworden war, das ständige Tropfen eines Wasserhahns vernahm. Durch die Milchglasscheibe des Oberlichts drang diffuses Licht. Gerne hätte sie gewusst, wie spät es war.

Doktor Walter Ratcliff hätte es ihr sagen können.

Soeben hatte er zum x-ten Mal auf das Zifferblatt seiner Armbanduhr geschaut. Es war kurz nach 10.00 Uhr. Ratcliff saß hinter dem Schreibtisch seines geräumigen Büros in Harpers Ferry. In einem Anflug von Nervosität trommelte er mit den Fingern der rechten Hand auf die vor ihm liegende, lederne Schreibunterlage, während der linke Arm schlaff die linke Stuhllehne herunterhing. Mit einem raschen Entschluss drückte Ratcliff die Taste der Wechsel-Sprechanlage.

„Jennifer?"

„Ja?"

„Seien Sie doch bitte so nett und kommen Sie mal rüber."

Jennifer Johnsons Ehe war vor sieben Jahre in die

Brüche gegangen. Ihre zwölfjährige Tochter, für die sie das Sorgerecht zugesprochen bekommen hatte, besuchte eine Ganztagsschule.

Die nach Jennifer Johnsons ehelichem Schiffbruch bei ihr um einen Ankerplatz anfragenden Leichtmatrosen mussten unverrichteter Dinge die Segel streichen. Sturm und Drang lagen hinter ihr. Im Gegensatz zu Harpers flüchtiger Einschätzung war sie aufgeklärt. Allerdings verabscheute sie den öffentlichen Austausch von Zärtlichkeiten. Die ihr ausgerechnet von ihrem in moralischen Kategorien denkenden Chef unter die Nase geriebenen Momentaufnahmen aus dem Intimleben zweier Menschen waren ihr mehr als peinlich gewesen. Trotz aller Aufgeklärtheit hielt sie sich bedeckt.

Der einzige Mann, für den sie sich interessierte, war zufällig der Mann, der sie eben in sein Zimmer rief. Doch Doktor Ratcliff schien dieses Interesse an seiner Person - falls er es denn überhaupt bemerkt haben sollte - unberührt zu lassen. Erotik am Arbeitsplatz war für ihn kein Thema, es sei denn, für schlechte Filme. Die sah er sich aber grundsätzlich nicht an.

Ratcliff hatte sich von seinem Platz erhoben und stand mit dem Rücken zur breiten Fensterfront. Mit einer einladenden Geste bedeutete er Jennifer Johnson, es sich in der weichen Polsterung des im Bereich der hinteren Sitzecke stehenden Sofas bequem zu machen. Johnson lies sich nicht zweimal bitten und versuchte ihre langen Beine unter dem vor ihr stehenden, gläsernen Couch-Tisch zu verstauen. Ratcliff angelte sich in der Zwischenzeit eine seiner gradlinigen Bruyere-Pfeifen vom Schreibtisch und begann ein kleines Knäuel jenes Krautes, dessen Geruch Mrs. Johnson nicht gerade schätzte, mittels Daumen und Zeigefinger in den Pfeifenkopf zu stopfen.

Während sich seine vorderen Schneidezähne im Mundstück der Pfeife verbissen, entflammte er mit der rechten Hand ein Streichholz, dessen Flamme er in kreisförmigen Bewegungen über den Kolben führte. Mit der anderen Hand hielt er die Streichholzschachtel angewinkelt über den sich aufbäumenden Tabak und sorgte für den nötigen Zug. Als die Flammen emporzüngelten, waren vom Mundstück schmatzende Geräusche zu hören. Jennifer Johnson schloss kurz die Augen und fühlte sich in Gedanken von Doktor Ratcliff geküsst.

Der dachte nicht daran und zog es stattdessen vor, den Mund zum Sprechen zu gebrauchen.

„Jennifer", leitete er das Gespräch ein, „warum meinen Sie, warum konfrontiert mich dieser gewöhnungsbedürftige Sheriff mit dem Foto von zwei Menschen, zu denen ich in keinerlei Beziehung stehe?"

„Immerhin", tastete sich Johnson vorsichtig vor, „ist die abgelichtete Frau mit hoher Wahrscheinlichkeit eine Mandantin von uns - also Ihnen ..."

Ratcliff beobachtete sie aufmerksam durch den blauen Dunst, den er sich selber vormachte.

„Ich glaube, ich habe ein richtig großes Problem."

„Sie?" Ihr Erstaunen war nicht zu überhören.

Ihr Chef war bekannt dafür, dass er schwierige Sachverhalte entschlossen und auf dem direkten Weg der Lösung zuzuführte. „Keine Problemlösung ohne

Konsequenz!" war einer seiner bevorzugten Leitsätze. Und ausgerechnet dieser Mann sollte plötzlich selbst ein Problem haben? Jennifer Johnson fing gerade an, ihren Chef von einer ihr bislang verborgen gebliebenen Seite kennen zu lernen.

„Ja, ich! - Mein Problem besteht darin, dass mein Name auf der Rückseite eines dieser Fotos steht."

„Wie bitte? Aber das ist doch nicht möglich?!"

„Leider ist es so. Und da die Ermittlungen offensichtlich im Zusammenhang mit der Mordsache am Bahnhof stehen, kann ich meine Lage nur als prekär empfinden." Ratcliff beschrieb seine Situation in aller Offenheit und ohne taktische Finesse.

Der hat tatsächlich ein Problem!

Jennifer Johnson richtete sich im Sofa auf. Unbewusst wollte sie Doktor Ratcliff aufrichten, der einen ausgesprochen niedergeschlagenen Eindruck auf sie machte.

„Aber Mr. Ratcliff, das ist doch nicht möglich", wiederholte sie sich.

Ratcliff stand noch immer am Fenster.

Er nahm die Pfeife aus dem Mundwinkel, stierte gedankenversunken in die Glut und fixierte dann wieder seine Gesprächspartnerin.

„Nichts ist unmöglich! - Dieser Ermordete, Calzone, wie in der Zeitung stand, scheint mein Haus ausgespäht zu haben."

„Was?! Das ist doch nicht möglich!"

„Doch, doch - dass passt alles so schön ins Bild: Der Mann beobachtet mich, wird ermordet und in seinem Nachlass findet die Polizei Bilder auf deren Rückseite mein Name steht. Und zu allem Überfluss ist eine der dort Abgebildeten noch eine Mandantin!"

Ratcliff schlug sich mit der flachen Hand vor die Stirn.

„Das ist doch ein gefundenes Fressen für diesen Sheriff! Fehlt gerade noch, dass die Presse davon Wind bekommt! Dann kann ich mir gleich einen Strick nehmen!"

„Aber ich bitte Sie, Mr. Ratcliff - so dürfen Sie nicht reden!"

Mrs. Johnson, die sich schon die ganze Zeit über nicht sonderlich wohl in ihrer Haut gefühlt hatte, rang erschrocken nach Luft.

„Diese Catherine Low, oder wie sie heißt - bringt mich in Teufels Küche!"

Ratcliff war mit seinen Nerven ziemlich am Ende. Er gab jeden Widerstand und alle Beherrschtheit auf und fing an, jämmerlich zu schluchzen. Von Weinkrämpfen gepackt rannte er aus dem Zimmer und ließ eine ziemlich verstörte Jennifer Johnson zurück.

Ein Asteroid musste im geordneten Leben ihres Chefs eingeschlagen haben. Irgendetwas hatte ihn aus der Bahn geworfen!

Wie sich Catherine Low auf Befragen des sie behandelnden Stationsarztes Doktor Achilles Heel schmerzlich erinnerte, musste es so gegen vier Uhr nachmittags gewesen sein, als dieser sagenhafte Sheriff John Samuel Lee Harper mit aller Wucht in ihr bis dahin geordnetes Leben trat. Gegen diesen Typen war kein Gras gewachsen - und wenn doch, dann hätte dieser Mensch es unversehens niedergetrampelt! Wie der Saugrüssel eines Tornados war diese Naturgewalt über sie hereingebrochen - einen wortkargen Hilfssheriff namens Malvern und ein bleichgesichtiges Flintenweib vom zuständigen Police-Department aus Frederick, Maryland, im Gefolge. - Dieses Trio Infernale hatte sie regelrecht um ihren sonst so klaren Verstand gebracht!

Zunächst hatte es ja tatsächlich den Anschein, als zeige sich Catherine Low von dem überraschenden Überfall der Staatsgewalt nicht sonderlich beeindruckt.

Sie war eine erfolgreiche Geschäftsfrau, die ein gut gehendes Beerdigungsinstitut mit einer kleinen, aber feinen Einäscherungsanlage im Stone Creek Valley betrieb.

Es war stadtbekannt, dass Catherine Low ständig irgendwelche Leichen im Keller hatte.

Heute lag sie flach. Dieser Kugelblitz von Sheriff hatte sie umgehauen!

Natürlich hatten es die drei Beamten zunächst an dem nötigen, wenn auch nach ihrem Eindruck eher routinemäßig an den Tag gelegten Einfühlungsvermögen nicht fehlen lassen. Catherine Low war bereits auf dem Weg zum Fitness-Center gewesen, als sich dieser Mensch aus Charles Town samt Gefolge ihrem Grundstücke näherte. Es war für sie eine gänzlich neue Erfahrung gewesen, dass Landplagen auch in Sheriffs-Uniformen einfallen können, um eine Schneise der Verwüstung zu schlagen.

Sehr gefasst sei sie zu Beginn gewesen, hatte Deputy

Malvern hinterher zu Protokoll gegeben. Auch die begleitende Beamtin vom benachbarten und zuständigen Police-Department wusste nichts Gegenteiliges zu berichten. Doch bereits eine knappe Stunde später forderte das Auftreten John Samuel Lee Harpers den ihm gebührenden Tribut: Die anfangs beherrschte Catherine Low, deren Ehegatte Gordon - wie so häufig - gerade auf einer seiner zahlreichen Geschäftsreisen irgendwo in Südamerika weilte, erlitt einen Nervenzusammenbruch. Nach Konsultation des in der Nachbarschaft wohnenden Hausarztes und auf dessen eindringlichen, mit einer Beruhigungsspritze untermauerten Rat, begab sie sich in Begleitung der beiden Hilfssheriffs ins städtische Hospital.

Da es mit ihrer psychischen Verfassung - wie nach der flüchtigen aber nachhaltigen Bekanntschaft mit John Samuel Lee Harper nicht anders zu erwarten - nicht zum Besten stand, ließ sie sich zur weiteren Beobachtung stationär aufnehmen.

Dort angekommen, verbrachte Catherine Low in der klinisch-sterilen Atmosphäre ihres Neon-Licht durchfluteten Einzelzimmers, die tristesten Stunden ihres bisherigen Lebens. Sie konnte nicht wissen, dass die missliche Lage ihr keineswegs zum Nachteil gereichen sollte. Die verordnete strenge Bettruhe hinderte jedenfalls einen penetranten Sheriff aus Jefferson County in West Virginia daran, sie in der heilsamen Abgeschirmtheit ihres Zimmers aufzusuchen.

Was Catherine Low nicht erspart blieb, waren die Gedanken, die ihr nicht aus dem Sinn gingen:

Was ist nur passiert?

Ich verstaue gerade den pink-farbenen Body in meiner Sporttasche, da schlägt die Türglocke Alarm. Während ich mir mit einem flüchtigen Blick in den Spiegel mit dem Fingerkamm durchs Haar fahre und den Reißverschluss des Overalls hochziehe, öffne ich die Tür. Ich habe das unbestimmte Gefühl, dass mir das aufgesetzte Lächeln im Gesicht gefriert. Vor mir steht ein ekelhaft, fetter Mensch mit Sheriffstern, der mich schmierig angrinst, links neben ihm ein unbeteiligt blickender, blasser Typ von Deputy. Eine dralle Rothaarige rundet das Bild ab. Der Dicke sagt, dass sie mir ein paar Fragen stellen müssten und ob sie kurz rein kommen könnten. Ich sage ihnen, dass ich auf dem Sprung bin. Der Fettsack antwortet, dass es nicht lange dauere und steht mit seinen Quadratlatschen schon in unserem Hausflur. Die beiden Hilfssheriffs wollen sich unterdessen wechselseitig den Vortritt lassen, mit dem Ergebnis, dass letztendlich beide auf einmal eintreten und - Schulter an Schulter - im Türrahmen klemmen bleiben.

Ich schleudere meine Sporttasche in die Garderobenecke und bitte die Dame in zweifacher Herrenbegleitung ins Wohnzimmer. Während dem Deputy beim Betreten des Wohnraumes schier die Augen raus fallen, das rothaarige Flintenweib mich unentwegt von unten nach oben taxiert und mich mit den Augen regelrecht auszieht, steckt sich der Dicke eine Zigarre an. Auf meinen dezenten, aber unüberhörbaren Hinweis, dass Gordon und ich Nichtraucher seien, fällt dem Sheriff nichts Besseres ein, als unsere gesundheitsbewusste Lebensweise anerkennend zu loben und mir dann ungerührt das Haus zu verpesten. Währenddessen bitte ich die drei Leute - innerlich mit dem Ausdruck tiefsten Wi-

derwillens Platz zu nehmen. Das nimmt der Dicke, ehe ich meinen Satz beendet habe, wörtlich und lässt sich krachend in das von Gordons Mutter geerbte Sofa fallen, dessen Beine synchron einknicken. Das kümmert den Kerl nicht im Geringsten. Während ich wie ein ungebetener Gast im eigenen Haus herumstehe, macht sich dieser Kerl in einer Weise breit, die jeder Beschreibung spottet!

Als wüsste ich nicht Besseres, frage ich die Drei, ob sie was zu trinken wünschen. Sie trinken alle Wasser.

Der Dicke, den die anderen „Sheriff" nennen, sagt mir, er wolle nicht lange „drum herum reden", sondern gleich zum Grund des unangemeldeten Besuchs kommen. Er fragt mich, ob mir der Name Walter RATCLIFF etwas sage. Wahrheitsgemäß antworte ich, dass ich Doktor Ratcliff vor ein paar Wochen in seiner Kanzlei in Harpers Ferry aufgesucht habe.

Dann fragt mich das Milchgesicht, aus welchem Grund ich einen Anwalt suche.

Ich sage dem Typen, dass ich nicht mehr suche, sondern dass ich ihn bereits gefunden habe. Seitdem gehe es in der nervigen Erbauseinandersetzung mit meinem habgierigen Bruder Vance um das elterliche Wochenend-Grundstück bei White Sulphur Springs ganz in meinem Sinne vorwärts. Es sei höchste Zeit gewesen, Vance einmal deutlich zu machen, dass es so nicht weitergehe.

Jetzt sehe ich der Rothaarigen wieder an, wie sie im Geiste den Reißverschluss meines Overalls öffnet. Ihr Grinsen ist unerträglich! Mir ist, als verunreinigen ihre Blicke meine Haut.

In der Zwischenzeit grapscht der Dicke alles in Reichweite stehende an und hinterlässt fettige Finger- nein, Abdrücke der Hände, auf dem Glastisch, den ich vorher ewig poliert habe!

Ich könnte den Kerl durchschütteln! Aber dazu müsste ich ihn anfassen und allein der Gedanke daran ist ekelerregend!

Jetzt fragt die Dame vom Police-Department aus Frederick, wann ich Walter, also Doktor Ratcliff, das letzte Mal gesehen habe. Ich antworte ihr, dass ich das in ihrer Gegenwart doch gerade dem Sheriff gesagt hätte. Da sagt die Kuh, doch glatt: „Ich meine nicht dienstlich, in seiner Kanzlei, sondern privat …"

Ich sage ihr, dass mir lediglich an Doktor Ratcliffs Rechtsberatung gelegen sei und dass alles andere sie einen Dreck angehe!

Dann mischt sich der Dicke ein und sagt, während er die von der Zigarre herabgefallene Asche in den Berberteppich tritt: „Madam - die Frage der Kollegin aus Frederick ist nur allzu berechtigt." Dabei greift er in seine Jackentasche und zieht ein Stück Papier heraus. Es ist ein Foto. Er betrachtet es, mustert mich. Das Flintenweib schaut ihm über die Schulter und beginnt mich wieder auszuziehen. Der Deputy schweigt und genießt die Situation.

„Kennen Sie diese Frau auf dem Foto?" fragt der Sheriff und reicht mir das Bild rüber.

Ich traue meinen Augen nicht: Ich sehe mich - splitterfasernackt!

Wie ist das nur möglich? Ich kann die schmutzigen Blicke und das dreckige Grinsen der Drei jetzt deuten. - Oder habe ich mir das die ganze Zeit nur eingebildet?

Mir stockt der Atem.

Die Wahrheit legt mir den Satz in den Mund:

„Die Frau, dass bin ich." Aber ich kann die Wahrheit nicht sagen. Auch wenn sie offen zutage liegt. Ich entscheide mich dafür, auszuweichen.

155

„Wo haben Sie das Foto her?"

„Es ist ein Beweisstück in einer Ermittlungssache in Harpers Ferry", antwortet der Deputy.

Ich höre mich sagen: „Die Sache mit dem Toten am Bahnhof?"

Die Drei schweigen vielsagend.

Der Sheriff fragt mich: „Nachdem Ihnen die hübsche Dame auf dem Foto so wahnsinnig ähnlich sieht und ich annehme, dass Sie keine Zwillingsschwester haben, wäre ich fast geneigt, Sie für die Dame zu halten!"

Mir stockt der Atem. Mir wird es heiß und kalt. Was geht die das eigentlich an, mit wem ich ins Bett steige!

„Ich weiß, es geht mich nichts an - aber unterstellen wir doch einmal, Sie wären es. Wer wäre - rein theoretisch - der Mann unter Ihnen?"

Der Dicke gefällt sich ungemein. Ich weiß nicht, was der an sich findet!

„Gehen Sie einmal davon aus, dass es sich in diesem Fall um meinen Mann handeln würde!"

„Ist er es auch?"

Das wäre glatt gelogen. - Er ist es nicht!

„Was haben Sie gerade gesagt?"

„Habe ich etwas gesagt?"

„Ich meinte gehört zu haben, dass es nicht Ihr Mann ist."

- PAUSE –

Nach einer Pause, die mir wie eine Ewigkeit vorkommt, entscheide ich mich für die Vorwärts-Strategie. Ich will wissen, woher die das Foto haben.

Der Deputy kommt mir mit seiner Bemerkung zuvor: „Mrs. Low, wir sind auf Ihre Hilfe angewiesen. Dieses Bild wurde zusammen mit anderen anlässlich eines Polizeieinsatzes in Harpers Ferry sichergestellt."

„Also doch!" *sage ich.*

„Sind Sie in den letzten Wochen von irgendjemand auf die Existenz dieser Fotos hingewiesen worden?"

„Nein", *sage ich,* „nein, in keiner Weise!"

„Wir sichern Ihnen absolute Diskretion zu - auch gegenüber Ihrem Ehemann!"

„Sie können mir viel erzählen!"

Jetzt ergreift der Sheriff das Wort: „Das ist nicht unsere Absicht! Wir nehmen mit 99%iger Sicherheit an, dass Sie erpresst werden sollten oder vielleicht schon erpresst worden sind ..."

„Wer sollte mich erpressen und wozu?"

„Jemand, der Sie kennt und den Mann, mit dem Sie sich allem Anschein nach gerade die Zeit vertreiben."

Ich gebe mir einen Stoß und sage:

„Die Frau bin ich. - Bitte glauben Sie mir, ich wurde nicht erpresst."

Das Trio sieht sich vielsagend an.

„Schön, dass Sie kooperieren! - Wer, meinen Sie, könnte ein Interesse daran haben, Sie oder den Mann auf dem Foto zu erpressen?" *fragt dieser Sheriff.*

Mir ist schlecht.

„Ich weiß es nicht. Ich weiß es beim besten Willen nicht!"

„Denken Sie doch einmal nach!"

„Das tue ich doch die ganze Zeit!"

„Das glauben wir Ihnen gerne", *beschwört mich der Deputy.*

„Wer ist der Mann, Mrs. Low?" fragt das Weib.
Mir ist schwindelig. Mir wird es schwarz vor Augen.
„Der Mann ..."
„Ja, der Mann!"
Mir steigen die Tränen in die Augen.
Ich habe den Namen auf der Zunge.
Meine Lippen sind geschlossen.
Noch wahren sie das Geheimnis.
Wie lange noch?

Der Senator

Washington D.C.,
Samstag, 19. April;

Gerade mal eine knappe Woche war es her, seit er nach vielen Jahren der sorgsam gewahrten Distanz widerwillig seinen Fuß auf das Pflaster der von ihm nicht sonderlich geliebten Hauptstadt gesetzt hatte.

Sechs Tage später stand Sheriff John Samuel Lee Harper bereits wieder in voller Leibesfülle im Stadtbild von Washington, D.C. Außergewöhnliche Fälle verlangten außergewöhnliche Maßnahmen und so wartete er vor der vertraut anmutenden Einfahrt in das Parkhaus. Harper war wieder einmal nach D.C. einbestellt, aber nicht pünktlich abgeholt worden. Deshalb harrte er missmutig und doch auch gespannt auf seine Premiere im CAPITOL, die an diesem Osterwochenende über die Bühne gehen sollte. Während er den Text seiner Rolle memorierte, schaukelte eine schwarze Limousine die 1St Street hinunter. Der Chrysler hielt direkt vor ihm. Lautlos öffnete sich das Fenster der Fahrertür.

„Worauf warten Sie noch, Sheriff? Steigen Sie endlich ein!" sprach eine Stimme im Befehlston. Harper war so verdutzt, dass er vergaß, seine langsamen Mundbewegungen mit einer aussagekräftigen Tonspur zu unterlegen. Er verstummte, noch bevor er den Mund aufmachte. Eine schlagfertige Antwort fiel ihm erst zwei Tage später ein.

Der Kerl könnte mal seinen Hintern lüften, aussteigen und mir den Schlag öffnen!

Harper lief um das Heck des Chryslers herum, öffnete den Schlag höchst-persönlich, hielt sich die Tür auf, stieg ein und schloss die Tür hinter sich.

In Erwartung von mehr Beinfreiheit hinter dem Beifahrersitz war er von der Straße her eingestiegen, um zu seiner bösen Überraschung festzustellen, dass er einer falschen Vermutung aufgesessen war. Es bereitete ihm einige Mühe, seine Beine hinter der Rückenlehne abzustellen. Der Chrysler beschrieb eine ausgedehnte Linkskurve, schnitt die Mündungen der Louisiana- und der Delaware Avenue und bog die dritte Straße in Richtung CAPITOL Hill ein.

Noch blieb Zeit, sich mit dem Chauffeur zu beschäftigen, der Harper auf Höhe jeder roten Ampel aufmerksam im Rückspiegel musterte.

Harper entschied, dem eisigen Blick standzuhalten.

„Willkommen in D.C.!"
„Danke, Sir", gab Harper aus den Tiefen des Lederpolsters im Fond zurück.

Der Fahrer hatte schütteres, graues, altmodisch gescheiteltes Haar. Er trug eine randlose Brille mit großen Gläsern, durch die zwei energische Augen den Fahrgast musterten. Wie Harper im Rückspiegel sehen konnte, mündete die Nasenwurzel in zwei senkrechte Stirnfalten, die für angestrengtes Nachdenken standen. Der Mund des Fahrers lächelte schmallippig.

Der Mund sagte: „Senator Fulbright erwartet Sie bereits".

Harper brodelte insgeheim vor sich hin: *Ich könnte schon längst dort sein!*

„Meine Verspätung begründe ich damit, dass ich dem Präsidenten noch Bericht erstatten musste!"

Angeber!

„Welchem Präsidenten?"

„Dem Präsidenten der Vereinigten Staaten von Amerika."

Harper wollte sich ehrfurchtsvoll aus dem Sitz erheben, wurde aber vom gepolsterten Wagendach davon abgehalten.

Der Wagen fuhr auf die Constitution Avenue, ließ das CAPITOL rechts liegen und hielt zu Harpers Überraschung und nicht minder großen Enttäuschung vor einem Bürokomplex, unmittelbar neben dem im 18. Jahrhundert erbauten Sewall-Belmont House, das der National Women's Party als Parteizentrale dient.

Als der Chrysler anhielt, meinte Sheriff John Samuel Lee Harper das Gesicht seines einsilbigen Chauffeurs zu erkennen. Er kannte es aus Presse, Film und Fernsehen. Der Mann sah aus wie Donald Rumsfeld, Secretary of Defense.

Der Doppelgänger gab ihm beim Ausstieg noch einen für Rumsfeld typischen Satz mit auf den Weg:

„Alles was ich sagte, das ich nicht hätte sagen sollen, hab ich nie gesagt. Ich möchte, dass Sie das verstehen, sofort, als erstes."

Diesen Ton verstand Harper. Er kannte ihn von der Grundausbildung in Fort Worth.

„Ich verstehe …", sagte Harper im bedeutungsvollen Ton eines Geheimnisträgers. Was er nicht verstand, war die Tatsache, dass der amerikanische Verteidigungsminister, den Harper in diesen Tagen in Bagdad vermutete hätte, ihn höchstpersönlich vom Bahnhof abholte!

Am Eingang des Gebäudes empfing ihn ein schlaksiger, junger Mann, der sich als Eugene XY ausgab und den Sheriff nach oben geleitete. Für Harper lag auf der Hand, dass es sich bei diesem Typen nur um einen Agenten des CIA handeln konnte, der gerade eine mehrere Monate dauernde Spezial-Ausbildung zur Betreuung von Sheriffs absolviert hatte.

„Folgen Sie mir bitte unauffällig!"

Harper schaute an sich herunter und wusste, dass er alles andere als unauffällig war.

Beim Betreten des Senatsverwaltungsgebäudes blickte Harper noch einmal kurz zurück.

Das Rumsfeld-Double saß im Wagen und telefonierte. Allem Anschein nach fuhr Rumsfeld II mit seiner mobilen Telefonzelle den ganzen Tag unauffällig durch Washington.

Vor Ostern war auf diesem Stockwerk nichts los. Eugene durchschritt mit Harper das Sekretariat Fulbrights und übergab den Sheriff in die Obhut des Senators, der, am Fenster stehend, eben gut gelaunt eine Tasse dampfenden Kaffees zum Munde führte.

„Guten Morgen Sheriff! Schön, Sie einmal kennen zu lernen!"

Der Senator - eine Mischung aus Lee Marvin und Jason Robards - stellte die Tasse ab, kam Harper auf halbem Weg entgegen und schüttelte ihm freundlich die Hand.

Es war ein großzügiges, helles Büro. Im Zentrum des Raumes stand ein wuchtiger Schreibtisch, auf dem anscheinend nur ein aktueller Vorgang lag. All die anderen Akten ruhten für heute wohl in den umlaufenden Wandschränken.

Vor dem Fenster luden schwingende Designer-Stühle aus Chrom mit schwarzem Lederbezug zum Sitzen ein. Die Einladung wurde durch eine richtungsweisende, einladende Handbewegung des Senators bestätigt. Harper ließ sich nicht zweimal bitten und dirigierte seinen Hintern zwischen den beiden Armlehnen seines Sessels auf die Sitzfläche. Auf dem Glastisch vor ihm standen Kaffeegeschirr, eine Thermoskanne und eine silberne Schale, gefüllt mit Keksen.

„Bedienen Sie sich bitte!" Der Senator brachte seinen Pott Kaffee zum Tisch und nahm Harper gegenüber Platz. Fulbright schlug seine Beine übereinander. Er legte sich wie zur Entspannung zurück, vermittelte aber den Eindruck, dass er jederzeit auf dem Sprung und geistig voll auf der Höhe der Zeit war.

„Vielen Dank, dass Sie diesen Termin ermöglichen konnten, Senator."

Harpers Stimme klang so sanft wie ein Osterlamm aussieht.

„Ich bitte Sie, Sheriff - keine Ursache! Zugleich bitte ich Sie um Verständnis, dass ich es nur noch heute einrichten konnte, nachdem ich mit meiner Familie morgen in den Osterurlaub fahre. - Ich freue mich schon."

„Wo geht's denn hin?" fragte Harper spontan.

„Zum Ski-Fahren in die Wintergreen Ski Area. Ich

freue mich, mal wieder aus D.C. raus zu kommen!" Fulbright machte bei aller Konzentration einen gelösten Eindruck und war zudem eine gepflegte Erscheinung. Er trug einen anthrazitfarbenen Anzug mit Weste, der wie ein Flöz hochwertiger Steinkohle glänzte. Harper war klar, dass Fulbright zu der Sorte von Politikern zählte, die genügend Kohle angehäuft hatten, um ihren Lebensabend nicht in Reichweite der Essensausgabe einer Suppenküche verbringen zu müssen. Vielleicht war dies der Grund für Fulbrights zur Schau getragene Ausgeglichenheit.

Fulbrights Gesicht war kantig, die gebräunte Haut straff über die Gesichtsknochen gespannt. Das energische Kinn verriet Durchsetzungsvermögen. Er war alles andere als blauäugig. Ein aschgraues Augenpaar blickte unter buschigen Brauen hellwach in die Welt. Er mochte so um die 60 Jahre alt sein. Das silbrig glänzende Haar war nach hinten gekämmt und mit einem Hauch Pomade geglättet. Fulbright bot auf diese Weise jedem seine steil aufragende Stirn.

Aber auch der Senator bekam etwas für sein Auge geboten. Er dachte schon eine ganze Weile darüber nach, in welche Schublade seiner Kuriositätensammlung er diesen aufgeblasenen Sheriff einsortieren sollte. Bei dem abzuschätzenden Gewicht des Gegenstandes seiner Betrachtung, kam ohnehin nur die unterste Schublade in Betracht. Fulbright steckte sich eine Zigarette in den Mund und nahm das Tischfeuerzeug zur Hand. Genüsslich zog er den Rauch der entflammten Zigarette ein und lehnte seinen Kopf soweit zurück, dass er die aus den Tiefen der Lunge aufsteigenden Rauchzeichen gleich selbst de-chiffrieren konnte.

Dann blickte er Harper unvermittelt an.

„Sie sind für Ihre Verhältnisse in letzter Zeit auffallend häufig in D.C."

„Was wissen Sie über meine Verhältnisse?" verschanzte sich Harper hinter der Frage.

„Walker erzählte mir, dass Ihr letzter Aufenthalt in D.C. nicht ganz glücklich verlief."

„Da hat Ihr Mr. Walker Recht. Er hat auch wesentlich dazu beigetragen!"

„Ich verstehe nicht ganz, was Sie mir damit sagen wollen, Sheriff."

„Nun, Senator, Ihr Mr. Walker rief mich Anfang letzter Woche in Ihrem Auftrag an. Er behauptete zu wissen, wer der Tote ist."

Fulbright blickte verdutzt und stieß wie zur Bekräftigung eine Rauchwolke in Form eines Fragezeichens aus.

„Walker hatte keinen Auftrag, Sie anzurufen - jedenfalls nicht von mir", sagte der Senator bestimmt.

„Das überrascht mich aber jetzt! Ich muss gestehen, dass es für mich keine besondere Veranlassung gab, hierher zu kommen."

„Was hat Sie denn bewogen, zu kommen?"

„Ihr Mitarbeiter sagte mir am Telefon, dass sich ein gewisser Federico Calzone seit Tagen bemüht, Sie an den Apparat zu bekommen."

„Mich?!"

„Ja, Sie. So sagte es jedenfalls Walker."

„Ich kenne diesen Calzone überhaupt nicht! Ich habe diesen Namen nie gehört!"

„Auch nicht davon gelesen?"

„Definitiv NEIN!"

Der Senator konnte sich nur noch wundern. „Was soll denn dieser Calzone angeblich von mir gewollt haben?"

„Walker sagte, dass er - also Calzone - angeblich interessantes Material für Sie hat ..."

„Für mich?! Welches Material?!"

Wäre Walker im Raum gewesen, Senator Franklin Fulbright hätte ihn in der Luft zerrissen.

„Das wissen wir auch nicht. Gibt es irgendwelche Papiere, die Sie vermissen, Akten, Dokumente oder dergleichen?"

„Schön wäre es! Leider vermisse ich nichts, absolut nichts!" Fulbright wechselte in einen süffisanten Ton: „Ich würde mich glücklich schätzen, wenn die in den Schränken und Vorzimmern stehenden Aktenberge weichen würden! Ich wäre dankbar, für jedes einzelne, fehlende Blatt. - Das Blatt, das mir fehlt, muss ich schon nicht mehr vor den Mund nehmen!" Senator Fulbright freute sich über seine eigene Formulierung. Er nahm sich vor, sie in eine seiner nächsten, öffentlichen Reden einzubauen.

Sheriff John Samuel Lee Harper erinnerte sich lebhaft an den Anruf Walkers vom 8. April:

Es war Dienstag. Die Woche hatte mit der verdammten Leiche am Bahnhof in Harpers Ferry begonnen. Und am nächsten Tag dann das unerfreuliche Telefongespräch ...

Genau an dieser Stelle wollte Harper jetzt nachhaken.

„Senator Fulbright, was ich nicht verstehe - Ihr Mitarbeiter, Mr. Walker, sagte mir am Telefon, dass er auf ausdrücklichen Wunsch von Ihnen anruft ..."

„Von mir? Das ist absoluter Unsinn! Warum hätte ich Sie anrufen sollen oder anrufen lassen sollen? Ich kannte Sie ja bis vor wenigen Minuten überhaupt nicht!"

Harper dachte laut. „Ja, aber diesen Calzone, den kannten Sie auch nicht ..."

„Das sagte ich Ihnen bereits", bestätigte Fulbright mit einem Mal leicht ungeduldig.

„Und trotzdem wollte der Sie sprechen?" hielt ihm Harper entgegen.

„Ich verstehe das alles nicht - ich möchte wissen, was sich Walker dabei eigentlich gedacht hat!"

„Ich kann nur sagen, dass ich keinerlei Veranlassung hatte nach D.C. zu kommen, wenn mir nicht Ihr Mitarbeiter klar gemacht hätte, dass er Angaben zu der Person des Calzone machen kann. Walker hat sich dabei ausdrücklich auf Sie berufen."

„Noch mal, Sheriff: Ich kenne keinen Calzone. Und ich weiß nicht, wie Walker dazu kommt, zu behaupten, dass er Sie in meinem Auftrag anruft. Und von dem angepriesenen Material weiß ich schon gleich zweimal nichts. - Wann hat Sie denn Walker angerufen?"

„Ich habe ihn angerufen, nachdem er mich nicht erreicht hatte. Ich fand einen entsprechenden Zettel auf meinem Schreibtisch vor."

„Und da hat er Ihnen diesen Kram mit Calzone erzählt?"

Das Blatt wendete sich. Jetzt war es Fulbright, der die Fragen stellte.

„Nein, nicht am Telefon. Da hat er nur angedeutet, dass er wüsste, um wen es sich bei der Leiche handelt", sagte Harper.

„Sagen Sie mir jetzt bloß nicht, dass Calzone die Leiche ist!"

Fulbright machte Druck und gab der Zigarette im Aschenbecher den Rest.

„Doch, so ist es. Der Tote ist Calzone. Und Calzone wurde an dem Tag ermordet, an dem er mit Walker verabredet war."

„Wie bitte?"

„Ich kann Sie beruhigen - Walker war zum Tatzeitpunkt nachweislich nicht in Harpers Ferry. Er war hier, in Ihrem Büro. Dafür gibt es Zeugen. Die Kollegen hier haben das überprüft."

„Was ist mit dem Calzone passiert?"

„Er wurde erschossen."

„Ich fasse es nicht! - Wissen Sie, wer es war?"

„NEIN. Soweit sind wir noch nicht."

„Das macht doch alles keinen Sinn, Sheriff. Wenn Calzone mich sprechen wollte, warum verabredet er sich dann mit einem meiner Mitarbeiter?"

„Ich nehme an, wegen des Materials. Vermutlich wollte Walker es sichten."

„- Sie sagten vorhin, Walker habe Sie am Dienstag, dem 8. April angerufen ..."

Harper nickte zustimmend.

„Er hat Ihnen gesagt, dass er wisse, wer der Tote da in Harpers Ferry ist ..."

„So ist es."

„Sie sagten, am Telefon habe er das aber noch nicht preisgegeben?"

„Ja. Deshalb haben wir uns ja hier getroffen."

„Sagen Sie bitte nicht, in meinem Auftrag!"

„Den Eindruck hat Ihr Mitarbeiter erweckt."

„Wann haben Sie sich mit ihm verabredet?"

„Das war am Sonntag, den 13."

„Sind Sie sich sicher?"

„Absolut! Wir hatten uns am Jefferson Memorial getroffen, an Jeffersons 260. Geburtstag."

„Aha. Und Sie waren eingeladen?"

„Walker war es wichtig, dass ich in Zivil komme und es klang bereits am Telefon alles sehr geheimnisvoll."

„Auffällig unauffällig. Hat mein Mitarbeiter denn das Geheimnis gelüftet?"

„Bedingt."

„Wann, sagten Sie, Sheriff, hat dieser Calzone Walker angerufen?"

„Ich habe dazu noch nichts gesagt. Der Anruf war - soweit ich mich erinnere - am Freitag zuvor, also vor der Ermordung Calzones ..."

„Das müsste um den 4. oder 5. gewesen sein ..."

„Jetzt, wo Sie es sagen - es war Freitag, der 5. April."

„Und Walker hat Sie am Dienstag, den 8. angerufen."

„Ja."

„Und am 7. wollte sich Walker ursprünglich mit Calzone treffen - in Harpers Ferry?"

„Genau. Nur kam es dazu nicht mehr. Ihr Mitarbeiter ist aus dienstlichen Gründen hier in D.C. geblieben."

„Aber Sheriff, das würde ja bedeuten, dass einem Dritten die Verabredung bekannt war, wenn Walker selbst nicht dort gewesen ist."

„Das kann sein, muss aber nicht. Es ist immerhin denkbar, dass er in einem ganz anderen Zusammenhang ermordet worden ist."

„Wie meinen Sie das, Sheriff?"

„Vielleicht war Calzone schlicht und ergreifend zum falschen Zeitpunkt am falschen Ort …"

„Das wäre ein seltsamer Zufall. Und ich glaube nicht an Zufälle. Nichts geschieht zufällig. Alles geschieht nach einem großen Plan, den wir zeitlebens nicht durchschauen", philosophierte Fulbright.

„Ich weiß nicht, Senator …"

Fulbright schaute Harper fragend an. Er hielt ihn für eine fragwürdige Erscheinung.

„Was hat Ihnen denn Walker erzählt? - Der kann Sie doch nicht grundlos an einem Sonntag nach Washington einladen!"

„Er hatte schon einen, unter Umständen sogar mehrere Gründe.

Walker sagte, dass Calzone im Blick auf dieses ominöse Material gesagt hat, dass alles nur eine Frage des Geldes ist und dass er ihnen das ausrichten soll …"

„Deshalb Ihre Frage, ob mir etwas fehlt?"

„Ja."

„Da kann ich Ihnen, wie schon gesagt, leider nicht weiterhelfen. Mir fehlt nichts, absolut nichts! Weder an Papieren, noch sonst etwas."

Fulbright hatte sich in seinem Sessel aufgerichtet, so, als wolle er die lästige Angelegenheit ein für allemal abschütteln.

„Vielleicht hilft uns das hier weiter."

Harper reichte Fulbright das besagte Foto über den Tisch.

Der Senator schien im Bilde. Er pfiff durch die Zähne.

„Das gibt's doch nicht!" entfuhr es ihm. Er schien über die Maßen überrascht, über das, was er zu sehen bekam.

„Das ist doch CAT - Catherine! - Wo haben Sie das her?"

Harper überhörte die Frage geflissentlich.

„Anscheinend kennen Sie die Dame."

„Aber natürlich, Sheriff. - Nicht in diesem Aufzug - da würde ich als Wert-Konservativer jetzt tüchtig Probleme mit meiner Frau, meinen Wählern und mit den gängigen Moralvorstellungen bekommen! - Ich wüsste nicht, was schlimmer wäre!"

„Das kann ich verstehen. Woher kennen Sie die Dame?"

„Sie war - jetzt muss ich kurz überlegen - das muss Anfang der 80er Jahre gewesen sein - da war sie Senatspraktikantin, kam frisch von der Hochschule und half mir dabei, den Wahlkampf zu organisieren. Ich war damals noch ein relativ junger Congress-Abgeordneter mit allerlei Flausen im Kopf."

„Wie sagten Sie, hieß die Dame?"

„Catherine. Catherine Low. Wir nannten Sie CAT. Weil sie immer einnehmend ihre Krallen ausfuhr - was junge Männer anbelangte ..."

„Sie meinen, sie hat nichts ausgelassen."

„Mich schon. Da war zuviel Respekt. Aber mein Team hat sie ganz schön aufgemischt!"

„Normal ist das nicht!"

„Hübsches Kind!" Fulbright konnte seinen Blick nur schwer vom Foto lösen.

„Kennen Sie den Herrn?"

„Nie gesehen. Außerdem ist er kaum zu erkennen!"

„Kaum? Also Sie erkennen ihn doch?"

„Ich kann nichts erkennen. Ich bin es jedenfalls nicht. Mit etwas Abstand bin ich beinahe versucht, diesen Umstand zu bedauern."

„Wie und wo lernten Sie Catherine Low kennen?"

„Die schneite eines Tages in mein damaliges Büro hinein - im Schlepptau von Ratcliff."

„Sagten Sie Ratcliff?"

„Ich sagte Ratcliff. Mein Kurzzeitgedächtnis funktioniert noch hervorragend!"

„Der Ratcliff, der niedergelassener Anwalt in Harpers Ferry ist?"

„Der Ratcliff! - D-O-K-T-O-R W-A-L-T-E-R R-A-T-C-L-I-F-F."

„Was haben Sie mit dem zu tun?"

„Er war einer der Ersten, die meine bescheidene Wahlkampagne finanzierten. Der Junge hatte schon zu einem Zeitpunkt Geld, da wusste ich gerade mal, wie „DOLLAR" geschrieben wird!"

„In welcher Beziehung stand oder steht Dr. Ratcliff zu Catherine Low?"

„Sie waren befreundet. Soweit ich weiß. Was die außerhalb der Kampagne gemacht haben, entzieht sich meiner Kenntnis. Das war ein legendäres Trio damals!"

„Ein Trio?"

„Ich hab' vergessen zu sagen, dass Walker damals auch dazu gestoßen ist."

„Hatte Walker etwas mit CAT?"

„Das halte ich für äußerst unwahrscheinlich!"

„Wie darf ich das verstehen, Senator?"

„Walkers Sex-Appeal geht völlig im politischen Raum auf. Für Frauengeschichten ist da kein Platz."

„Mir fällt auf, dass alle, mit denen ich bisher über Catherine Low geredet habe, kein gutes Haar an ihr lassen und sie als regelrechte Nymphomanin schildern."

„Das wäre übertrieben. Da würden wir ihr Unrecht tun! Sie dürfen nicht vergessen, wie prüde wir Amerikaner eigentlich sind. Und da fällt ein hübsches Mädchen, das weiß, was es will - es auch damals schon wusste - natürlich aus dem Rahmen!"

„In Lows Fall muss es ein Wechselrahmen sein ..."

„Sie übertreiben, Sheriff!"

Harper erinnerte sich in diesem Moment an die Szene, die ihm Walker vor dem Theodore Roosevelt Memorial machte, nur weil er ihn gefragt hatte, ob Senator Fulbright ein Drogen-Junkie oder vom anderen Ufer wäre ...

Er hoffte inständig, dass Walker dies gegenüber Fulbright nie zum Thema gemacht hatte. Wirklich sicher konnte er sich nicht sein. Walker nahm es mit der Wahrheit offenbar nicht so genau und Senator Fulbright hatte sein undurchsichtiges Pokerface aufgesetzt.

Harper zog es wegen der drohenden Unannehmlichkeiten mit dem Senator ohnehin vor, davon auszugehen, dass es sich bei Calzones „Material" um eben diese Fotos handelte.

„Existiert Ihr Dream-Team Low-Ratcliff-Walker noch?"

„Nein, schon lange nicht mehr. Catherine Low war beizeiten aus meinem Dunstkreis verschwunden. Walker sagte mir eines Tages, dass Cat geheiratet hat. Und Walter hat sich als Rechtsanwalt in Harpers Ferry niedergelassen. Ich habe ihn noch ein, zweimal auf Parteikonventen in West Virginia gesehen. Einmal haben wir uns während meines Urlaubs in Harpers Ferry getroffen. Zuletzt auf einer Wahlparty in Charles Town. Aber das ist auch schon einige Zeit her. Und Walker ist bis heute geblieben. Irgendwie hat er den Absprung verpasst. Ein talentierter Bursche, könnte mehr aus sich machen …"

„Wo steckt Walker eigentlich?" fragte Harper. Anscheinend hatte ihm die Begegnung mit Walker am Rande der Geburtstagsfeier für Thomas Jefferson noch nicht genügt.

„Er ist über die Feiertage in die Berge gefahren."

„Wissen Sie, ob Walker noch Kontakt zu den beiden hat?"

„Zu Cat und Walter?"

„Zu Low und Ratcliff."

„Das war ein aufeinander eingeschworenes Team. Die gingen durch Dick und Dünn - und für mich durchs Feuer!" Fulbright hatte einen verklärten Blick aufgesetzt und blickte durch Sheriff Harper hindurch.

„Und heute?"

„Cat und Walter waren, wie gesagt, befreundet. Irgendwann ist diese Freundschaft in die Brüche gegangen."

„Und Walker?"

„Tom und Walter waren unzertrennliche Freunde. Bis sie von heute auf Morgen überkreuz gerieten."

„Einfach so - über Nacht?"

„Ich glaube, es ging um Cat."

„Ich dachte, Walker macht sich nichts aus Frauen ...,"

„Ratcliff hatte wohl mehr als ein Auge auf sie geworfen."

„Die sind wegen Catherine Low aneinander geraten?"

„Ja. Die Freundschaft zwischen Walter und Tom ist daran zerbrochen. Das war zugleich das Ende des Dream-Teams."

Fulbright seufzte. Er war nun endgültig in der rosigen Vergangenheit angelangt.

Harper verstand gar nichts mehr: *Der Eine ist mit dieser CAT befreundet und der Andere macht sich nichts aus Frauen. – Und daran soll eine Männerfreundschaft zerbrechen?*

Harper verkniff sich die Frage, ob Senator Fulbright

nach eigener Einschätzung seine politische Zukunft bereits hinter sich habe. Er wollte das Gespräch nicht unnötig belasten. Und er tat gut daran.

Harper entschied sich, einer anderen Fährte nachzuspüren:

„Sagen Sie, Senator - hielten Sie es für möglich, dass Calzone mit dem „Material" diese Fotos gemeint haben könnte?"

„Gibt's da noch mehr davon?"

„Nicht zu knapp! Calzone hatte sich in Harpers Ferry ein richtiggehendes Entwicklungslabor mit Dunkelkammer eingerichtet, übrigens zufälligerweise in einem Ferienhaus neben Ratcliffs Kanzlei..."

Fulbright war unwohl bei dem Gedanken, dass sich im Umfeld der ehemaligen Hauptakteure seines Dream-Teams eine dramatische Handlung vollzog.

Da ist CAT auf einem Foto zu sehen, das besser nicht gemacht worden wäre.

Da hat Tom Walker telefonischen Kontakt zu Calzone, der ursprünglich mich, den Senator, hatte sprechen wollen.

Da will sich Tom mit Calzone in Harpers Ferry treffen, ist verhindert, und Calzone wird kurz nach der mit Tom getroffenen Verabredung termingerecht ermordet aufgefunden.

Da ruft Tom angeblich in meinem Auftrag an und will dem Sheriff auf die Sprünge helfen.

Und da trifft Tom sich doch tatsächlich mit diesem Harper.

Auch Sheriff Harper war in Gedanken auf der gleichen Fährte.

„Ist doch irgendwie eigenartig, dass Calzone ausgerechnet in einem Ferienhaus absteigt, das unmittelbar an Ratcliffs Grundstück angrenzt?"

„Das ist in der Tat seltsam, Sheriff. Ich habe eben daran gedacht. - Ich frage mich, warum der ausgerechnet meinen Freund Walter Ratcliff ausspäht?"

„Wer könnte denn Ihrer Meinung nach daran ein Interesse haben?"

„Wie ich Ihnen schon sagte, der Kontakt ist nicht mehr so intensiv ..."

„Hatte oder hat Ratcliff Feinde?"

„Nicht, dass ich wüsste!"

„Auch nicht, wenn Sie noch mal nachdenken?"

„Ich denke meist", entgegnete Fulbright unmissverständlich.

Langsam aber sicher begann ihm dieser Sheriff lästig zu werden.

In diesem Moment klingelte das Telefon.

„Sie entschuldigen mich bitte einen Moment." Das klang eher wie eine Feststellung.

Der Senator erhob sich rasch und lief hinüber zum Schreibtisch.

Er nahm den Hörer ab und sagte seinen Namen, als stehe der für ein Programm.

„Fulbright."

Es entstand eine kurze Pause, in der der Senator den Blickkontakt mit Harper suchte. Fulbright legte die Hand auf die Muschel und sagte: „Es ist Walker."

„Hallo Tom, hast du Sehnsucht? Ich dachte, du wolltest ein paar Tage ausspannen!"

Fulbright ließ sich nicht anmerken, dass Harper im Raum saß.

„Du machst mir Spaß!"

Fulbright lachte. Unvermittelt verbreitete er gute Laune.

Das Gespräch plätscherte eine kleine Weile vor sich hin, bis Harper den Senator eher beiläufig fragen hörte: „Sag mal, Tom, was wollte denn eigentlich dieser Sheriff von dir?"

„Na, der, mit dem du dich getroffen hast! - Warum ich frage? - Der hat hier angerufen und behauptet, dass du ihn in meinem Auftrag angerufen und um ein Gespräch gebeten hättest! - Wie bitte? - Ach, das war eine Schutzbehauptung, um den Sheriff zu bewegen nach D.C. zu kommen?!

Du bist ja lustig! Was soll ich dem denn jetzt sagen und was soll das überhaupt alles? Es wäre schön, wenn wir nach Ostern mal in aller Ruhe drüber sprechen könnten! - Okay. - Wo steckst du gerade, und wo kann ich dich notfalls erreichen? - Verstehe. - Mach's gut!"

Fulbright legte auf. Entschlossen kehrte er zur Sitzecke zurück.

„Dem werde ich was erzählen!"

„Wo steckt er denn gerade?"

„Auf dem Weg zum Great Falls Park, Fairfax County."

Harper verspürte den spontanen Wunsch nach Luftveränderung.

Noch größer war sein Bedürfnis, Tom Walker auf den Zahn zu fühlen.

Ohne lange Umschweife führte er das Gespräch mit dem Senator zu Ende.

Franklin Fulbright schien es ganz recht zu sein. Jedenfalls machte er keinerlei Anstalten, Harper länger als notwendig im Büro festzuhalten.

Fulbright verabschiedete sich förmlich und hielt Harper die Tür auf.

Beim Hinausgehen wandte sich Harper kurz um und fragte:

„Eins noch, Senator Fulbright - kann es sein, dass Sie einen Fahrer haben, der Donald Rumsfeld verdammt ähnlich sieht?"

„Sie werden lachen - es ist Donald Rumsfeld! Ich bin mit ihm bisher ganz gut gefahren. Er wird Sie sicher zum Bahnhof bringen. Das ist noch eine seiner leichtesten Übungen! - Ich wünsche Ihnen frohe Feiertage!"

Harper bedankte sich artig. Der Senator sah ihm nach, bis sich die Schiebetür des Aufzugs hinter ihm schloss.

Als Sheriff John Samuel Lee Harper ins Freie trat, blickte er kurz hinüber zur Kuppel des CAPITOLS, die ihn heute irgendwie an ein Osterei im Eierbecher erinnerte. Vor dem Haus wartete der Chrysler. Inzwischen hatte ein Fahrerwechsel stattgefunden.

Von Rumsfeld keine Spur. Er schien sich in Luft aufgelöst zu haben.

Harper atmete tief durch.

Es roch nach Frühling.

Die Vögel zwitscherten.

Es drohte keine Gefahr.

Weit und breit war kein Falke zu sehen.

Die Flucht

State Virginia,
Samstag, 19. April;

Er war ihr unterlegen. Das Foto dokumentierte dies in eindrucksvoller Weise.

Heute wusste er, dass er die Finger von ihr hätte lassen sollen.

Bis sie auftauchte, verlief sein Leben in geordneten Bahnen. Jetzt stand er vor einem Trümmerhaufen.

Damals waren sie im Streit auseinander gegangen. Seit Jahren hatten sie sich nicht mehr gesehen. Sie war einfach fortgezogen und hatte alles hinter sich gelassen. Auch ihn. Während dieser Zeit herrschte absolute Funkstille. Die Schwingungen seiner Seele blieben auf der alten Frequenz. Aber es kam kein Signal aus dem Äther. Irgendwann hatte er innerlich abgeschaltet. Auf Umwegen hatte er erfahren, dass sie geheiratet hatte. Doch das waren Nebengeräusche. Die Botschaft galt nicht ihm und die Information, die sie enthielt, besiegelte nur, was längst verloren war. Jetzt war sie endgültig für ihn gestorben. Seine Hoffnung starb zuletzt. Nach dem Schmerz und der ohnmächtigen Wut, kam die Verdrängung, dann das Vergessen. Er hatte die Erinnerung an sie ausgelöscht.

Sie war gegangen. Über Nacht. Doch geflohen war er, auf und davon gelaufen, aus diesem Teil seines Lebens. - Bis zu jenem Februartag, wo sie wie aus heiterem Himmel hereinschneite. Keine Schlechtwetterfront hatte ihr Kommen angekündigt. Sie war ihm telefonisch avisiert worden. Aber er konnte mit dem Familiennamen nichts anfangen. Als sie dann plötzlich vor ihm stand, traf es ihn wie ein Blitz. Auf alles war er vorbereitet gewesen, nur nicht auf ihr Erscheinen.

Wie selbstverständlich sprach sie ihn mit dem vertrauten „Walter" an, so als wäre nichts geschehen. Er hatte wenig Zeit, wollte ihr auch keine Zeit mehr schenken.

Er befürchtete, dass längst vernarbte, alte Wunden wieder aufgerissen würden, Wunden, die sie ihm zugefügt hatte.

Er wollte sie schnell abfertigen. Das von ihr vorgetragene Problem interessierte ihn nicht sonderlich. Nichts war nerviger als die Beschäftigung mit Erbstreitigkeiten. Davon hatte er wahrlich mehr als genug am Hals. Und jetzt auch noch SIE!

Sie sah verteufelt gut aus. Eine sportliche, legere Erscheinung. Das einst blonde, jetzt silbern schimmernde Haar war kurz geschnitten. Früher trug sie es schulterlang und offen. Ihr Gesicht war straff, ihre Wangenknochen traten markant in Erscheinung. Sie blickte ihn mit ihren smaragd-grünen Augen an. Nie mehr hatte er diese Farbe gesehen. Sie hatte die Augen einer Katze und hatte sich gleichsam auf leisen Pfoten in sein Haus geschlichen.

Früher - in seinem damaligen Leben - war sie ganz Wildkatze, die sich das nahm, wozu sie gerade Lust verspürte. Bei diesem Wiedersehen schien das Wilde kulturell überformt. Sie bewegte sich mit einer gewissen Eleganz, schlich schon wieder verdächtig um seine Beine und fuhr die Krallen aus. - Das alte Beuteschema.

Zug um Zug war er wieder in ihre Fänge geraten. Zwei- dreimal hatten sie sich getroffen - nachts, wenn alle Katzen grau waren und die braven Bürger von Harpers Ferry mehr oder weniger friedlich in ihren Betten schliefen.

Sie zu dieser späten Stunde einzulassen, war bereits ein unverzeihlicher Fehler gewesen. Sich noch dazu in seinem Haus zu treffen, war an Torheit nicht mehr zu überbieten. Als sie erst mal im Haus war, ging alles sehr schnell. Ehe er sich's versah, hatte sie die Hüllen fallen lassen und sie nahm sich, wozu sie die Lust gerade ankam. Er, der immer so beherrscht und versucht war, selbst den Zufall noch zu planen, trudelte völlig losgelöst auf der sie umgebenden Orbitalbahn. Er hatte nicht mehr die Zeit, das Licht zu löschen oder gar die Vorhänge zuzuziehen. Er tröstete sich mit dem Gedanken, dass das gegenüber liegende, unbeleuchtete Ferienhaus um diese Zeit - wie gewöhnlich - unbewohnt war.

Ein fataler Irrtum!

Er wollte diese Affäre beenden, so schnell wie irgend möglich, hatte sich die entscheidenden Worte seines Schlussplädoyers bereits zurecht gelegt. Beiläufig hatte er Walker von der Begegnung erzählt, als der ihm in D.C. zufällig über den Weg lief.

Catherine war eine verheiratete Frau und was sie trieben, verstieß gegen das SECHSTE GEBOT.

Er hatte sich aus seinem Wertgefüge verabschiedet, wie König David, der der schönen, aber verheirateten Batseba erlegen war und deren Mann Uria ins sichere Verderben schickte. Der Mann, der immer perfekt sein wollte und sich völlig unangefochten fühlte, hatte die Kontrolle verloren. Er war gerade im Begriff, sie wiederzuerlangen, als dieser Fremde nachts anrief. Erst hatte er nur seinen Atem am Telefon vernommen und wollte verärgert wieder auflegen. Doch dann hörte er die künstlich verfremdete Stimme, die irgendetwas von einem Foto faselte, das ihn sicher interessiere. Er hatte einfach den Telefonhörer aufgelegt und beschlossen, dass das Thema damit für ihn erledigt war. Als ihm Jennifer Johnson am nächsten Morgen ein verschlossenes, an ihn – „PERSÖNLICH" - adressiertes, braunes Kuvert überreichte, beschlich ihn ein ungutes Gefühl. Das inliegende Foto war Anlass genug, den nächtlich gefassten Beschluss zu revidieren und das Verfahren neu aufzurollen.

Dann hatten sich die Ereignisse überschlagen und das Verhängnis nahm seinen Lauf. Er war dennoch überrascht gewesen, wie schnell dieser Sheriff vor seiner Tür stand. Dabei hatte er alles bis ins letzte Detail geplant gehabt, hatte mit dem anonymen Anrufer einen Treffpunkt vereinbart, um das Negativ ausgehändigt zu bekommen. Er nahm den Revolver mit, der ein Erbstück seines Vaters war und für den der Sohn, Doktor Walter Ratcliff, keine Lizenz, aber noch Munition besaß.

Das Böse war in sein Leben eingetreten. Viele Stunden bevor sich dieser verflixte Montag, der 7. April, seinem Ende zuneigte, würde er gegen das FÜNFTE GEBOT verstoßen haben. - Von da an gab es für ihn kein Zurück mehr.

Ratcliff wusste, dass sie wiederkommen würden. Wenn die Polizei erst einmal Catherine ausfindig gemacht hatte, würde es nicht mehr lange dauern, bis dieser abartige Harper samt Sondereinsatzkommando vor seiner Tür stünde. Zwar konnten sie ihm nichts beweisen, aber irgendwann würden sie ihn nach dem Verbleib der auf den Namen seines Vaters registrierten Waffe fragen.

Spätestens als er das Foto in Händen hielt, wusste Ratcliff, dass er viel, wenn nicht alles zu verlieren hatte. Wer, wenn nicht er, hatte ein größeres Motiv, diesen Calzone so schnell als möglich von der Bildfläche verschwinden zu lassen?

Über eine Woche war das nun her.

Ratcliff hatte kurzerhand die Koffer gepackt und fuhr mit unbestimmtem Ziel in südlicher Richtung auf dem Interstate Highway Nr. 81. Im Dunkel der Nacht hatte er sich aus Harpers Ferry fortgeschlichen und alles hinter sich gelassen, was ihm gestern noch wichtig war. Er fuhr die Straße nach Bolivar und nahm von dort aus die Strecke über Halltown nach Rippon, wo er die Staatsgrenze zum benachbarten Virginia überquerte. Auf dem State Highway Number Seven fuhr er geradewegs nach Winchester, von dort auf die Autobahn.

Er hatte die Autoheizung angestellt und es sich in

seinem Sitz so bequem wie möglich gemacht. Die Rückenlehne zurückpositioniert, ließ er den Fahrersitz im hintersten Bereich einrasten. Aus dem Autoradio trällerte Frankieboy, begleitet vom Background-Chor: "THAT'S LIFE, THAT IS WHAT ALL THE PEOPLE SAY, YOU RIDN HIGH IN APRIL, SHOT DOWN IN MAY..."

Zur Rechten erhob sich der tief-schwarze Rücken der Appalachen, zur Linken lauerten die Blue Ridge Mountains.

Es war drei Uhr Morgens. Vereinzeltes Scheinwerferlicht glitt zu ihm hinüber, tastete den Ford Mustang kurz ab und ließ in wieder ins Dunkel der Nacht eintauchen. Ratcliff wusste eigentlich selbst nicht so recht, warum er in diese Richtung fuhr. Um sich schnell abzusetzen, hätte er den Weg nach Osten, Richtung Washington, einschlagen müssen. Dort lag der Flughafen. Aber wahrscheinlich war sein Name bereits gelistet und zur Fahndung ausgeschrieben. Er konnte sich das alles natürlich auch einbilden. Aber dass er erpresst worden war, würden sie ihm beweisen können. Dann rückte automatisch der Tatzeitpunkt am Morgen des 7. Aprils in den Blick. Er hatte kein wirklich stichhaltiges Alibi.

Calzone, dessen Name er vor zehn Tagen noch nicht kannte, hatte ihn für Montag, den 7. April, 08.00 Uhr zur Eisenbahnbrücke am Potomac, unweit von der Bahnstation einbestellt. Um diese Zeit war da unten noch nichts los. Die Touristen lagen noch in den Federn. Die kühle Witterung tat ihr Übriges.

Ratcliff war an diesem Morgen früh aufgestanden. Bereits um 7.30 Uhr stand er im Schatten des kleinen, einstöckigen Bahnhofsgebäudes und beobachtete wie von einem Feldherrnhügel das Feld. Er würde die Stellung hier oben halten, koste es, was es wolle.

Zwanzig Minuten später - 7 Uhr 50 - kam ein grüner Wagen die Shenandoah-Street hinunter. Es war ein Auto der Marke Honda Civic.

Der Fremde wartete zwei, drei Minuten im Wagen, stieg aus, schloss die Fahrertür ab und schaute sich kurz um. Der Mann war schätzungsweise zwei Köpfe kleiner als Ratcliff. Er trug einen knielangen, schwarzen Mantel unter dem hellblaue Jeans hervorlugten. Der Mann setzte eine schmale Sonnenbrille auf und ging dann langsamen Schrittes nach unten, in Richtung Fluss. Er stieg den Hügel hinunter und lief an Browns Fort vorbei.

Sie hatten verabredet, dass Ratcliff seinen weißen Trenchcoat tragen solle.

Den trug er auch und darunter die Smith & Wesson, Kaliber 38.

Es war 20 Minuten nach acht Uhr, als Calzone unverrichteter Dinge vom Ufer zurückkehrte. Er kam geradewegs den Hügel hinauf, um an der Windschutzscheibe des Hondas eine Visitenkarte Ratcliffs vorzufinden, auf deren Rückseite geschrieben stand: „WARTE AM BAHNSTEIG".

Vermutlich hatte Calzone von diesem Moment an mit einer Falle gerechnet. Ratcliff wusste es nicht. Entscheidend war allein, dass Calzone zur Rückseite des Bahnhofsgebäudes kam. Es war 8 Uhr 25, als der Güterzug pfeifend sein Kommen ankündigte. Den Zug hatte Ratcliff nicht im Kalkül, aber das erleichterte die Sache erheblich, da er für die 38er keinen Schalldämpfer besaß.

Während sein Opfer im Anmarsch war, stieg er die Treppen zur Bahnunterführung hinab. Ratcliff hielt sich hinter der Ecke verborgen, spannte den Hahn des Revolvers und entsicherte ihn. Der Zug donnerte über ihn hinweg. Er wartete noch einige Sekunden und stieg gemessenen Schrittes die Treppe hinauf, mit der rechten Hand den Revolver mit der Mündung nach unten haltend. Der Feind hatte sich inzwischen auf die Bank gesetzt und blätterte in einer alten Zeitung. Über ihren Rand hinweg blickte er in Richtung des vorüberrollenden Güterzuges. Ratcliff überwand auf leisen Sohlen die kurze Distanz und stand knappe zwei Meter von Calzone entfernt, als dieser unvermittelt in seine Richtung schaute. Calzone ließ die Zeitung sinken, war aber zu überrascht um noch reagieren zu können. Ratcliff hielt die Waffe bereits in der Hand. Er konnte Calzones erschrockene Augen durch das grüne Glas der Sonnenbrille nur ahnen, die offene, wortlose Mundöffnung sprach dennoch für sich. Im selben Moment drückte Ratcliff ab. 8 Uhr 29. Er durchsuchte die Taschen des Mantels und die Innentaschen des Jackets. In der Brieftasche steckten Fahrzeug- und Führerschein, von belastenden Fotos oder dem Negativ keine Spur! Ratcliff stand auf und lief bis zur Hausecke. Er blickte um die Kante auf den Parkplatz. Alles war ruhig. Der Honda stand immer noch einsam und verlassen da. Ratcliff eilte die wenigen Schritte zurück, nahm Brieftasche, Auto- und Hausschlüssel des Toten an sich und verstaute alles in seinem Mantel. Dabei bemerkte er, dass dessen weiße Farbe ein paar Blutspritzer abbekommen hatte. Er steckte die Waffe wieder in den Hosenbund und lief - in keiner Weise auffällig zu dem Honda.

Ohne zu Zögern stieg Ratcliff ein, startete den Motor und lenkte den Wagen vom Parkplatz. Nachdem er unterwegs die Tatwaffe im Potomac entsorgt hatte, fuhr er die Dorfstraße bergaufwärts. Oben angekommen, stellte er den Wagen fein säuberlich vor dem zu dieser Jahreszeit in der Regel unbewohnten Ferienhaus ab, das während der Sommermonate vermietet wurde. Von hier aus waren es maximal hundert Meter bis zur Rückfront seines eigenen Anwesens. Als er das Büro durch die Verandatür betrat, war es zehn vor Neun. Er warf die Einmalhandschuhe in die Schublade seines Schreibtisches und verstaute den Trenchcoat in einer großen Einkaufstüte aus Plastik, die er in seinem Kleiderschrank bereitgelegt hatte. Heute Abend würde er eine gemütliches Kaminfeuer schüren und bei dieser Gelegenheit seinen Mantel und die Brieftasche des Opfers verbrennen. Asche zu Asche.

Er konnte nicht ahnen, dass die Negative in dem Haus lagen, vor dem er den Wagen abgestellt hatte. Als Ratcliff bei nochmaligem Betrachten des ihm übermittelten Fotos über die Perspektive nachdachte, aus der das Bild gemacht worden war, fiel es ihm wie Schuppen von den Augen: Sein Schlafzimmer lag im ersten Stock seines Hauses, die Fenster ungefähr auf Höhe des gegenüber der Gebäuderückseite gelegenen, vermeintlich unbewohnten Ferienhauses. Ratcliff würde dem Haus noch in der Nacht einen Besuch abstatten.

Als Doktor Ratcliff hinter seinem Schreibtisch saß, meldete sich - Punkt Neun - Jennifer Johnson via Gegensprechanlage aus dem Vorzimmer zur Aufnahme ihres Dienstes.

Er wurde aus seinen Gedanken gerissen, als er auf Höhe der Anschlussstelle 302 bei Middletown, Abzweig Cedarville, im Rückspiegel das Blaulicht eines Streifenwagens bemerkte, der sich mit hoher Geschwindigkeit an den Ford Mustang hängte. Der Streifenwagen kam näher und das Abblendlicht morste ihm unmissverständliche Lichtsignale auf den Rückspiegel.

Ratcliff drosselte die Geschwindigkeit, setzte den Blinker und bremste den Mustang in sachten Intervallen ab. Endlich ließ er den Ford auf der rechten Standspur ausrollen. Der Streifenwagen hielt in zehn Metern Entfernung auf dem Randstreifen, schräg zur Fahrbahn. Ratcliff schaltete den Motor aus und machte die Innenbeleuchtung an. Sanft ließ der elektrische Fensterheber die Scheibe in die Fahrertür gleiten. Im Seitenspiegel beobachtete er, wie sich der Streifenpolizist, den Lichtkegel einer Stablampe vor sich her balancierend, seinem Wagen näherte. Ratcliff legte beide Hände im vorauseilenden Gehorsam brav auf das lederbespannte Lenkrad. Kühle Luft strömte in das Wageninnere. Ratcliff schloss kurz die Augen, atmete tief durch und versuchte sich zu konzentrieren.

Als er die Augen wieder öffnete, leuchtete von schräg oben das Licht der Lampe in den Wagen. Ein Lichtstrahl schnitt sein Profil, streifte seine Hände und verlor sich jenseits der Windschutzscheibe im Dunkel.

„Guten Morgen, Sir!"

Es war eine angenehme und freundliche Stimme. Ein leichter, metallischer Unterton signalisierte zugleich, dass Widerspruch nicht erwünscht war.

Er entschloss sich, kein Wort zuviel zu sagen und in jedem Fall freundlich zu sein.

„Guten Morgen, Sir!" antwortete Ratcliff mit der gedämpften Stimme eines Mannes, der weiß, dass er einen Fehler gemacht hat.

„Haben Sie nicht gemerkt, dass Sie mit erhöhter Geschwindigkeit fahren?"

Der Polizist legte jetzt den Lichtstrahl auf Ratcliffs Hände. Da lag er gut.

„Um ehrlich zu sein, nein."

„Kurz hinter Armel gilt eine Geschwindigkeitsbegrenzung. Und sie sind unbeeindruckt durch die Radarmessstation gefahren."

„Das tut mir leid", säuselte Ratcliff vordergründig schuldbewusst, ohne sich wirklich einer Schuld bewusst zu sein.

„Darf ich bitte Ihre Fahrzeugpapiere sehen?"

Die Frage trachtete danach, grundsätzlich mit „Ja" beantwortet zu werden.

Ratcliff nahm vorsichtig beide Hände vom Steuer. Der Beamte war eine Spur vorsichtiger:

„Lassen Sie die rechte Hand bitte am Lenkrad!"

Was macht der bei Linkshändern? schoss es Ratcliff durch den Kopf. Doch er wusste, dass das in dieser Lage seine geringste Sorge sein sollte.

Mit Zeige- und Mittelfinger der linken Hand angelte er umständlich die Papiere aus der Innentasche der Jacke. Der Beamte nahm sie wortlos entgegen und hielt den Lichtstrahl auf das Passfoto Ratcliffs. Um sicherzugehen, es tatsächlich mit Walter Ratcliff zu tun zu haben, tastete der Lichtstrahl kurz von oben das Gesicht des Fahrers ab.

„Würden Sie bitte einmal aussteigen!"

Ratcliff fiel auf, dass alle Bitten in freundlicher Befehlsform an ihn herangetragen wurden. Er konnte förmlich das Ausrufezeichen hinter jedem Satz heraushören.

Der Beamte trat zwei Schritte zurück, als Ratcliff Anstalten machte, aus dem Wagen zu steigen. Der Streifenpolizist richtete den Lichtkegel auf Ratcliff. Die rechte Hand legte er auf den Knauf seiner Dienstwaffe.

„UMDREHEN - RÜCKEN ZU MIR - HÄNDE AUFS WAGENDACH - BEINE BREIT!"

Der Ton änderte sich schlagartig. Es war ein junger Polizist der Highway Patrol, der sich vorgenommen hatte, auf dem ihm zugewiesenen Streckenabschnitt des Highways nichts anbrennen zu lassen.

Ratcliff war gerade im Begriff sich umzudrehen und die Hände flach auf das Autodach zu legen, als der Beamte ihm schon mit dem rechten Stiefel gegen die Innenseite seiner Füße trat.

„Beine auseinander!"

Ratcliff folgte der Aufforderung umgehend.

„Fingerspitzen gegen die Dachkante, Beine nach hinten!"

Ratcliff kam auch dieser erneuten Korrektur postwendend nach.

Hier war kein Platz für Kür. Pflicht war angesagt. Bürgerpflicht.

Ratcliff fühlte sich reichlich ungeschützt. Ohne das Gegengewicht seines treuen Mustangs würde er jetzt unweigerlich im Dreck landen.

Ehe er groß ins Grübeln verfallen konnte, spürte er bereits die behandschuhten Hände des Beamten an seinem Brustkorb hinunterfahren. Ratcliff kam sich leicht bekloppt vor. Jetzt klopfte der Polizist die Hüften ab, fuhr ihm prüfend über die beiden Gesäßtaschen und strich dann mit beiden Händen die Außen- und die Innenseite des linken Beines ab. Der Vorgang wiederholte sich dann beim rechten Bein Ratcliffs. Er merkte, wie sich der Beamte hinter ihm wieder aufrichtete und mit der Taschenlampe ins Wageninnere leuchtete.

„Würden Sie bitte einmal den Kofferraum öffnen?!"

Nachdem der Officer ohnehin nicht mit einem abschlägigen Bescheid rechnete, hielt sich Ratcliff nicht lange auf, schlug die Hacken zusammen und ging zum Heck. Vorsichtig öffnete er den Kofferraum. Es schien ihm wichtig und der Situation angemessen, jede schnelle Bewegung zu vermeiden. In gebührendem Abstand durchleuchtete der Beamte den Kofferraum. Er sah eine kleine, bauchige Ledertasche, wie sie die Ärzte für gewöhnlich in Wild-West-Filmen bei ihren Hausbesuchen mit sich führen. Im hinteren Bereich des Kofferraumes lag ein Hartschalenkoffer mit Rollen, darüber ein Kleidersack aus Synthetik, der dem Transport von Anzügen diente.

„Verreisen Sie für länger, Mr. Ratcliff?"

Ratcliff verspürte bei der Nennung seines Namens erstmals ein unterschwelliges Unbehagen. Er fühlte sich identifiziert. Dieser Polizist würde sich an den Namen und den dazugehörigen Mann erinnern, wenn morgen eine Großfahndung nach ihm ausgelöst würde.

„Ich bin auf einer Geschäftsreise."

„Fahren Sie noch weit?"

„Ich will heute noch Roanoke erreichen."

Der Beamte stutzte.

„Auch der nächste Weg - mitten in der Nacht."

„Ich habe meinen Termin erst mittags, da kann ich mich noch mal aufs Ohr hauen!"

Ratcliff fröstelte. Es war mächtig kühl um diese Zeit. Jetzt, nachdem die Anspannung etwas nachließ, fühlte er wieder die Außentemperatur.

Dem Beamten schien dies nicht entgangen zu sein.

„Wenn das so ist, dann will ich Sie nicht länger aufhalten."

Ratcliff schloss den Kofferraum, murmelte so etwas wie „Vielen Dank" und stieg in den Wagen. Als er die Tür schloss, baute sich der Beamte neben dem Fenster auf, das noch immer geöffnet war.

„Sind Sie einverstanden, Sir, wenn ich es bei einer Verwarnung bewenden lasse?"

„Vielen Dank, das ist sehr großzügig von Ihnen!"

„Achten Sie bitte künftig auf die Richtgeschwindigkeit und legen Sie lieber mal eine Pause ein, bevor Sie am Steuer einnicken!"

Wie fürsorglich. Diese Pause hast Du mir verabreicht ...

„Danke, ich werde mir das zu Herzen nehmen!"

„Ich wünsche Ihnen noch eine gute Fahrt. Auf Wiedersehen!"

„Gute Nacht, Officer."

Als Ratcliff den Motor anwarf, konnte er im Wegfahren noch im Rückspiegel sehen, wie sich der Beamte das Kfz-Kennzeichen des Ford Mustangs notierte.

Ratcliff scherte wieder auf die Fahrbahn ein und fuhr in angemessenem Tempo davon. Während auf der linken Seite ein Truck an ihm vorbeifuhr, verloren sich die Lichter des Streifenwagens in der Ferne.

Er war schon eine ganze Weile gefahren, da spürte er noch immer den Fahrtwind. Sachte glitt das Seitenfenster nach oben. Er hatte jetzt weder Lust auf Musik noch auf frische Luft.

Er wollte nicht in Panik verfallen. Aber er musste den Wagen so schnell wie möglich loswerden. Die Verkehrskontrolle hatte ihm einen dicken Strich durch die Rechnung gemacht.

Bei Nacht und Nebel hatte er sich aus Harpers Ferry davongestohlen, unbemerkt die Staatsgrenze West Virginias hinter sich gelassen, um überflüssiger Weise in Virginia dem nächstbesten Polizeibeamten aufzufallen. Ratcliff ärgerte sich. Spurlos hatte er verschwinden wollen. Stattdessen hatte er eine Spur hinterlassen. Schon meinte er im Geiste einen Pulk von Streifenwagen an seine Fersen geheftet zu sehen. Ganz zu schweigen von den in ein paar Meilen Entfernung auf ihn wartenden Straßensperren, hinter denen sich Scharfschützen des FBI verschanzten. Sicher kreiste über ihm bereits ein Helikopter mit einem den Einsatz koordinierenden US-Marshal an Bord.

Soweit Wagen- und Augenlicht reichten, war keine Straßensperre in Sicht.

Vergebens lauschte er den nicht vorhandenen Rotor-

Geräuschen des nur in seiner Einbildung über ihm wie ein Geier kreisenden Polizeihubschraubers.

Ratcliff beschloss, bei der nächsten sich bietenden Gelegenheit den Wagen voll zu tanken und einen kräftigen Kaffee zu trinken.

Die Entscheidung

Die Scheinwerfer des Ford Mustang bahnten ihm einen Weg durch die Nacht. Der Wagen fuhr mit vorschriftsmäßiger Geschwindigkeit auf dem Interstate Highway Nr. 81. Der Mustang hatte Mt. Jackson hinter sich gelassen und sein Fahrer gedachte bei New Market einen Zwischenstopp einzulegen.

Ratcliff konnte die Augen kaum mehr offen halten. Er war hundemüde. Er brauchte dringend einen Kaffee. Wiederholt sich bietende Gelegenheiten anzuhalten, hatte Ratcliff ungenutzt an sich vorüberziehen lassen. Immer passte irgendetwas nicht. Entweder standen für diese Zeit zu viele Leute an der Tankstelle herum oder ein Streifenwagen patrouillierte vor dem Rasthaus, das er gerade ansteuern wollte.

Walter Ratcliff überließ nichts dem Zufall. Er war gut organisiert und hielt sich für einen Menschen mit festen Prinzipien. Doch seit dem zufälligen Wiedersehen mit Catherine schlitterte er auf einer kurvenreichen, nicht vertrauten Strecke dahin. Plötzlich war im geordneten Leben des Doktor Walter Ratcliff Improvisation angesagt. Das war nicht gerade seine Königsdisziplin. Die Dinge waren zudem erkennbar aus den Fugen geraten. Catherine hatte Ehebruch begangen – mit ihm! Ratcliff fragte sich, warum er nicht einfach „NEIN!" gesagt hatte. Stattdessen war er schwach geworden. Entsetzlich schwach. Der Gedanke an diese Schwäche beschäftigte ihn lange. Um ein Haar wäre der Mord an Federico Calzone gänzlich in den Hintergrund gerückt. Doch der Gedanke an die schreckliche Tat wurde übermächtig und schob sich unbarmherzig in den Vordergrund seiner während der nächtlichen Autofahrt angestellten Überlegungen. Die überstürzte Flucht aus Harpers Ferry würde den Verdacht wie einen gleißenden Spot auf ihn richten. Und rings umher war es dunkel. Die Situation überforderte Ratcliff in jeder Hinsicht. So ziemlich alles, was er in den letzten Tagen tat, hatte er noch nie auf diese Weise oder überhaupt noch nie gemacht. Die vergangenen Tage und Nächte waren die Hölle für ihn gewesen. Genau genommen lag die Hölle in ihm. Er konnte einfach keinen klaren Gedanken mehr fassen. Stattdessen fuhr er, im Innersten ziellos, durch Virginia. Auch wenn er sich einbildete, auf der Flucht vor der Polizei zu sein, floh er in Wahrheit vor der begangenen Tat und damit vor sich selbst. Dieses Rennen konnte er nicht gewinnen. Er blieb sich immer auf den Fersen und holte sich in Gedanken stets ein. Hier, in den USA, konnte er auf Dauer nicht untertauchen. Das FBI würde ihn über kurz oder lang ausfindig machen. Die Flucht aus dem Land blieb ihm verwehrt. Vor ein paar Stunden wäre dieser Versuch vielleicht noch nicht zum Scheitern verurteilt gewesen. Aber Ratcliff war von einer panischen Furcht erfasst, dass er längst zur Fahndung ausgeschrieben war. Er stellte sich vor, wie er eines der am Wegesrand liegenden Fernfahrer-Lokale betrat und die Trucker über die Ränder ihrer weit aufgeschlagenen Zeitungen das dort veröffentlichte Fahndungsfoto mit seiner Erscheinung abglichen.

Es dämmerte. Ein neuer Tag brach an. Es war der Samstag vor Ostern.

Die blinkende, Neon Leuchtreklame eines am Straßenrand liegenden Coffee Shops bewog ihn endlich anzuhalten. Von hier aus waren es nur noch ein paar Meilen nach New Market. Früher war er von hier aus auf dem U.S. Highway Nr. 211 über Hamburg und Luray geradewegs in den Shenandoah National Park gefahren. Über den Pine Mountain gelangte man bei Mary's Rock auf die Panoramastraße, die sich vom nördlich gelegenen Front Royal bis hinunter nach Waynesboro erstreckte. Vom Skyline Drive hatte der Parkbesucher bei Tage einen traumhaften Ausblick zu den legendären Blue Ridge Mountains – den „Blauen Bergen". Während er den Zündschlüssel abzog, hatte Ratcliff die Melodie von John Denvers „TAKE ME HOME, COUNTRY-ROADS" im Ohr.

Ratcliff stieg aus dem Wagen. Ihn fröstelte. Er zog den Kragen seiner Rindsleder-Jacke hoch und verriegelte den Ford. Vor dem Truck-Stop standen nur wenige Wagen. Weiter hinten, auf dem Parkplatz, war die Wagenburg der in ihren Kojen schlafenden Fernfahrer zu erahnen.

Als Ratcliff den Laden betrat, blickte ein am Tresen sitzender Gast kurz in seine Richtung, um sogleich wieder dumpf über seinem Glas Bier zu brüten. Ein am Fenster sitzendes Liebespaar würdigte ihn keines Blickes. Beide Verliebte hielten sich über der Tischplatte die Hände, so, als gelte es, während einer Séance den Geist der Liebe zu beschwören. Ratcliff hielt nichts von spiritistischen Sitzungen. Sein vordringliches Interesse galt einer großen Tasse Kaffee, um seine Lebensgeister zu wecken.

Das Lokal war rustikal eingerichtet. Rot-karierte Tischdecken auf dunklen Holztischen. Das dämmrige Licht, das unter niedrig hängenden, pergament-artigen Lampenschirmen hervorleuchtete, kam dem neuen Gast sehr gelegen.

Auf dem Weg zur Theke erklang die wunderbare Stimme von Maria McKee aus der Juke-Box. – „SHOW ME HEAVEN". Ein leichter Schauer lief ihm über den Rücken - es war Catherines Lieblingslied.

Ratcliff musste einige Minuten warten, bis sich eine müde Gestalt aus der Küche schälte.

„Sie wünschen, Sir?"

„Einen doppelten Kaffee und eggs over easy, bitte."

„Das dauert einen kleinen Moment."

„Macht nichts. Ich habe Zeit."

Ratcliff hatte Zeit, denn er wusste nicht so recht, wohin er eigentlich wollte. Er hatte sich verrannt. Und doch war ihm bewusst, dass er sich für den Rest seines armseligen Lebens an keinem Ort mehr für längere Zeit würde aufhalten können. Seit dem Mord an Calzone war er auf der Flucht, wie der amerikanische Serienheld Richard Kimble. Auch Kimble, mit richtigem Namen Sam Sheppard, war Doktor. Doktor der Medizin. Seine Frau war in der Nacht des 4. Juli 1954 im eigenen Haus ermordet worden, während er und der siebenjährige Sohn schliefen. In Sheppards Fall blieben bis zuletzt Zweifel. Dennoch plädierten die Geschworenen für das Zuchthaus. Ihm war zum

Verhängnis geworden, dass er mehrere außereheliche Verhältnisse zu anderen Frauen unterhielt. Wenige Jahre nach seiner Entlassung aus der Haft, verstarb Sheppard.

Im Falle Ratcliffs gab es keinen Zweifel. Er hatte Calzone kaltblütig ermordet.

Mit diesem Mord war er ein todsicherer Anwärter auf den elektrischen Stuhl.

Der Gedanke an diesen sicheren Listenplatz wurde von Bette Midlers Song „FROM A DISTANCE" davongetragen. Als der Keeper den Pott mit Kaffee vor ihm abstellte, war Ratcliff schon in tiefe Melancholie verfallen. Er war auf dem besten Wege, sich selbst leid zu tun. Es gab keinen Weg zurück, in sein wohl geordnetes, bürgerliches Leben. Der Rückweg war verbaut. Keine Umkehr konnte den Mord ungeschehen machen. Ratcliff schaute trübsinnig in die unergründliche Tiefe seiner Kaffeetasse. In seiner Lage hätte ihm kein noch so geübter Kaffeesatzleser eine glückliche Zukunft zu prophezeien vermocht.

„Traurig, schöner Mann?"

Ratcliff schreckte aus seinen Gedanken auf.

Was er am frühen Morgen zu sehen bekam, war eine verlebte Blondine in einem engen Lederkostüm. Das war so ziemlich das Letzte, was er jetzt gebrauchen konnte.

„Danke der Nachfrage. Ich bin nur müde." Mit diesen Worten wollte Ratcliff das Gespräch beenden, noch ehe es richtig begann.

Er hatte nicht mit der Hartnäckigkeit der Dame

gerechnet, die allem Anschein nach zu tief ins Glas geschaut hatte.

„Soll ich dich aufmuntern?"

Er kannte die Dame nicht. Das hinderte sie nicht daran, bereits im zweiten Satz zum vertrauten „DU" überzugehen. Ratcliff hasste Distanzlosigkeit. Seit ihm Cat auf die Pelle gerückt war, merkte er, wie sehr ihm das alles nahe ging.

„Seien Sie bitte so freundlich und behelligen Sie mich nicht weiter! Ich hatte einen anstrengenden Tag."

Die Dame war begriffsstutzig, wozu das Quäntchen zuviel Alkohol seinen Beitrag geleistet haben mochte.

Zu den Klängen von Celine Dions „WHERE DOES MY HEART BEAT NOW?" legte ihm die fremde Frau ihre rechte Hand auf die Schulter. Ratcliff wusste, wo sein Herz schlug. Es schlug heftiger und in keiner Weise für diese lästige Person. Noch ehe er etwas sagen konnte, knallte ihm das Bleichgesicht aus der Küche das frühe Frühstück auf den Tresen. „Guten Appetit!"

Der war ihm längst vergangen. Es war halb fünf Uhr morgens, als er die Besitz ergreifende Hand von seiner Schulter stieß. Das genügte, um die Dame ins Straucheln zu bringen. Die beließ es nicht dabei und entschied sich unfreiwillig zu Boden zu gehen, begleitet vom Schlagzeugauftakt des Drummers von Roxettes „IT MUST HAVE BEEN LOVE". Das gefallene Mädchen merkte, dass ihr Bedürfnis nach Liebe von dem grauhaarigen Herrn nicht erwidert wurde. Sie war am Boden zerstört – Grund genug, um einen wohl kalkulierten, schrillen Schrei auszustoßen. Das hatte Ratcliff nicht gewollt. Er war davon ausgegangen, dass die Dame standhafter war. Er bückte sich, um der Frau aufzuhelfen. Die hatte nichts Besseres zu tun, als ihm mit einem ihrer Pfennigabsätze wütend gegen das Schienbein zu treten. Ratcliff krümmte sich vor Schmerz. Mit geschlossenen Augen vernahm er die energische Stimme eines Gastes. Es war der Fernfahrer, der mehr getankt hatte, als die Polizei erlaubte.

„Lass die Frau in Ruhe!"

Ratcliff richtete sich auf und wandte den Kopf. Gerade rechtzeitig, um einen idealen Landeplatz für die an seinem Kinn landende Faust zu bieten.

Sein Oberkiefer schnappte nach oben und die vorderen Schneidezähne gruben sich in das weiche Fleisch seiner Zunge. Als Ratcliff unter dem Fausthieb zu Boden ging, kam ihm auf der Gegenfahrbahn der Speiseröhre der Kaffee hoch.

Ratcliffs Beine knickten weg und sein Hinterkopf knallte gegen die längs der Theke angebrachte Trittstange.

„Du Schwein!" Mit diesen, ihn dem Tierreich zuordnenden Worten, trat die Frau ihm wenig damenhaft zwischen die Beine.

Ratcliff stöhnte auf. Seine Oberschenkel klappten wie ein Taschenmesser nach oben. Man ließ ihm keine Zeit, sich auf die neue Lage einzustellen. Schon griffen zwei behaarte Pranken nach ihm, die ihn am Kragen in die Höhe zogen. Ratcliffs Beine quittierten ihren Dienst. Er hing wie ein Schluck Wasser in der

Kurve und roch den schweren Atem des Mannes, der soviel Aufhebens um ihn machte.

„Mach das nicht noch einmal, du - "

Noch ehe Ratcliff ein Wort der Erklärung stammeln konnte, landete er unsanft mit dem Rücken auf einem der eingedeckten Tische, der krachend umkippte. Während er kopfüber und rücklings zu Boden ging, schmeckte er sein eigenes Blut, das aus dem Schwamm seiner Zunge rann.

„AUFHÖREN!"

Wie zur Unterstreichung seiner Worte hielt der Barkeeper zur allgemeinen Überraschung eine kurze, doppelläufige Schrotflinte vor der Brust. Er war wild entschlossen, seinem Befehl notfalls den gehörigen Nachdruck zu verleihen. Den Finger am Abzug, hatte er den Druckpunkt scheinbar schon gefunden.

Ratcliff zog sich mit beiden Armen an der hochkant vor ihm stehenden Tischplatte hoch. Als sein Kopf über dem Tischrand erschien, fuhr eine überdimensionale Damenhandtasche auf ihn herab. So hatte Premierministerin Margret Thatcher dem Vernehmen nach in den 80er Jahren ihre Kabinettssitzungen in Number 10 Downing Street geleitet.

„AUFHÖREN, HABE ICH GESAGT!"

Der Schläger packte die hysterisch kreischende Lady unsanft am Handgelenk und zog sie zum Lokal hinaus.

„Und jetzt zu Ihnen", sagte der Wirt mit Unheil verheißendem Unterton.

Ratcliff hatte für heute die Schnauze voll.

„Sie setzen sich auf ihren A.... und halten die Schnauze!"

Ratcliff setzte sich, so gut es ging. Der Wirt sah – das Gewehr im Anschlag – in ein schmerzverzerrtes, verzweifeltes Gesicht, als er mit links die Nummer der örtlichen Polizeistation wählte.

Ratcliff ahnte, dass seine Reise zu Ende ging. „DONT'T KNOW MUCH" erklang aus dem Lautsprecher – zauberhaftes Duett von Linda Ronstadt und Aaron Neville.

Ratcliff wusste überhaupt nichts mehr. Er war mit seinem Latein am Ende.

Acht Minuten später betraten zwei Streifenpolizisten das Lokal, begrüßt von der Solostimme des Saxophons in „JEALOUS GUY" von Roxy Music.

Morgen war Ostersonntag und Sheriff John Samuel Lee Harper war so gar nicht österlich zumute. Er kaute jetzt bereits zwölf Tage an dem Mordfall Calzone herum, ohne so recht auf den Geschmack zu kommen.

Der auf seine Bitte hin kurzfristig zustande gekommene Besuch bei Senator Franklin Fulbright hatte Harper ein wenig weiter gebracht.

Mühsam ernährt sich das Eichhörnchen, dachte er sich, als ihn der Fahrer des Wagens am Bahnhof absetzte. *Du hast harte Nüsse zu knacken. Und die wichtigste Nuss liegt noch irgendwo in den Wäldern von West Virginia, Virginia und Maryland verborgen!*

Eines stand fest: *Der Senator hat mit der Sache nichts zu tun.*

Walker hatte sich fälschlicherweise auf ihn berufen. Aus welchem Grund auch immer!

Dieser Anwalt, Ratcliff, hat Dreck am Stecken! Er war wegen Catherine Low vor Jahren mit Walker über Kreuz geraten. Die war dann eines schönen Tages bei Ratcliff aus der Versenkung aufgetaucht. Außerdem war sie Motiv einiger freizügiger Fotos, die aus einem an Ratcliffs Kanzlei angrenzenden Wochenend-Haus von Calzone geschossen worden sind. Fragt sich in wessen Auftrag? Es wäre ein seltsamer Zufall, wenn Calzone aufs Geradewohl seinen Posten dort bezogen hätte. Jemand musste von der Liaison gewusst haben.

Dass Catherines gehörnter Ehemann Gordon Low diesen Calzone angeheuert hat, ist eher unwahrscheinlich. Er kann nicht davon ausgehen, dass sie ihn mit einem Mann betrog, den sie seit Jahren nicht mehr gesehen hatte. Vermutlich hat er von Walter Ratcliff noch nie im Leben gehört. Außerdem hat Catherine Ratcliff erst vor kurzem wieder gesehen.

Bleibt die nächste Nuss: Wer hat Calzone ermordet?

Catherine hat ein Motiv. Ihr traue ich alles zu, aber keinen Mord!

Was ist mit Ratcliff? – Hatte ihm Catherine von den Bildern erzählt?

Warum erzählt dann Susan Tanner, dass Ratcliff erpresst wird?

Und wenn – er ist Junggeselle! – Obwohl: Ratcliff ist ein Mann der Kirche ...

„Verdammt! – Ich Trottel!" Harper hätte den Wagen um ein Haar an den nächstbesten Hydranten gefahren. *Der Mann auf dem Foto muss Ratcliff sein!*

Wer sollte es denn sonst in dessen im ersten Stock gelegener Wohnung mit der Low treiben?

„Ich Idiot!" Harper bekam einen seiner üblichen Anfälle. Doch diesmal war er selber das Ziel seiner verbalen Attacken. Die Windschutzscheibe ließ ihn wie immer abtropfen.

„Wenn das kein Motiv ist!"

Über Funk ließ er sich mit Malvern verbinden. Harper beauftragte ihn, er solle sich mit Buracker vom Police-Department in Harpers Ferry in Verbindung setzen. Außerdem sei beim zuständigen Haftrichter auf dem schnellsten Wege ein Haftbefehl zu beantragen.

Der Sheriff staunte nicht schlecht, als er erfuhr, dass das Vögelchen Ratcliff ausgeflogen und bei New Market, State Virginia, wegen einer von ihm angezettelten Schlägerei und Widerstandes gegen die Staatsgewalt eingefangen worden sei. Das Vögelchen tobe nun unter Absingen schmutziger Lieder in seinem Käfig umher.

„Lass Dir im Zuge des Amtshilfeverfahrens die Vernehmungsakte überstellen! Und lass Dir nichts erzählen – wir bearbeiten die Sache. Ratcliff wird wegen des Verdachts des Mordes an Federico Calzone in Jefferson County vor Gericht gestellt – und nirgendwo anders!"

Mit dieser knappen Grundsatzerklärung schmiss Sheriff John Samuel Lee Harper seinen Chief-Deputy Bob Malvern aus der Leitung. Der kannte S.L. zur Genüge und war somit Kummer gewohnt.

Der Tag hielt noch ganz andere Überraschungen für Harper bereit.

Während zu Hause, in Charles Town und Harpers Ferry, die Polizeimaschinerie auf Touren kam, fuhr Sheriff Harper der Lösung „seines" Falls entgegen. Er wusste es nur zu diesem Zeitpunkt noch nicht. Er hätte es immerhin ahnen können, als auf der Strecke nach Bethesda ein Funkspruch hereinkam.

Harper fuhr auf der Massachusetts Avenue – Ausfahrt Westgate.

Da meldete sich kein Geringerer als US-Marshal Kenneth Blocker.

Mit dem war nicht gut Kirschen essen. Harper hatte schon wiederholt das zweifelhafte Vergnügen mit ihm gehabt. Gespräche mit diesem Brocken waren alles andere als vergnügungssteuerpflichtig.

„Blocker hier!"

„Gott zum Gruß, Marshal!"

„Können Sie sich nicht vorschriftsmäßig melden?! - Wir haben hier ein Problem. Ein verrückt gewordener Senatsmitarbeiter droht sich das Leben zu nehmen. Es handelt sich um einen Tom Walker, Mitarbeiter von Senator Franklin Fulbright."

„Von dem komme ich gerade!"

„Was in drei Teufels Namen haben Sie denn in D.C. verloren?!"

„Ich ermittle in einer Mordsache."

„Ich glaube, mein Schwein pfeift! – Ermittelt in einer MORDS-SACHE!"

Harper war die Ruhe selbst.

„Habe ich etwa Ihre Kompetenzen berührt?"

„Es kommt drauf an, wo die Straftat begangen wurde."

„Sie sagen es, Marshal! – Falls es Sie interessiert, der Mord wurde in Harpers Ferry, Jefferson County begangen. Ganz zufällig mein Zuständigkeitsbereich."

„Ach, diese Sache – und was hat der Senator damit zu tun?"

„Nichts. Aber vermutlich Walker."

„Das trifft sich ganz ausgezeichnet, Harper! Der hat mir eben über den Polizeipsychologen ausrichten lassen, dass er mit Ihnen und nur mit IHNEN! zu sprechen gedenkt!"

Blocker war hörbar angesäuert.

„Ich bin ganz zufällig in der Gegend – auch wenn ich dabei das Territorium der Kollegen in Maryland streifen muss!" Harper platzte fast vor Lachen.

Blocker war nicht zu Späßen aufgelegt.

„Das können Sie den Kollegen am Besten gleich selbst erzählen! Die stehen hier in Zugstärke in der Gegend herum. Vielleicht darf ich Ihnen bei dieser Gelegenheit den leitenden Special Agent Phil Morris vorstellen? Der ist hier gleich mit einem mobilen Einsatzkommando des FBI angerückt. Ich warte nur noch auf die Nationalgarde und einen Panzerverband ..."

Blocker war genervt.

„Und das alles wegen einem Suizid-Gefährdeten?" fragte Harper ungläubig nach.

„Senator Franklin hat sich nach Ihrem Besuch einmal ein paar Schreibtisch-Schubladen seines Mitarbeiters genauer angesehen – aber davon später. Schauen

Sie, dass Sie hierher kommen – ich verstehe bei dem Lärm mein eigenes Wort nicht mehr!"

Was regt der sich über mich auf, wenn er schon weiß, dass ich geradewegs von Senator Franklin komme?!

Harper meinte die Rotorengeräusche eines Hubschraubers zu hören.

Er stieß ins Horn und raste unter Sirenengesängen nach Cropley, Maryland.

Dort, im Great Falls Park, wollte er Walker gut zureden.

Harper fuhr die gewundene Straße hinab, die durch den lichten Laubwald führte.

Einzelne Landhäuser grüßten durch die Baumlücken. Harper fragte sich, wie viele Dollars wohl ein Baurecht im Außenbereich kosten würde. Aber er hatte jetzt nicht die Zeit, sich zu wundern.

Hinter den Bäumen ahnte er bereits den Potomac. Als er sich mit affenartiger Geschwindigkeit dem Wachhaus der Park Rangers näherte, hielt es der diensthabende Beamte für angezeigt, vorsichtshalber die Schranke zu öffnen. Der Fahrer des Streifenwagens hatte keinerlei Anzeichen gemacht, anzuhalten. Harper hielt erst auf dem Parkplatz beim Besucherzentrum, unweit vom Chesapeake & Ohio Canal Museum. Dies war ein dreigeschossiger, strahlend weißer Bau mit einer mächtigen Giebelseite, die sich in der träge daliegenden Wasseroberfläche des Kanals widerspiegelte. Harper stapfte direkt auf dem Damm hinunter zum Fluss. Je näher er zum Ufer kam, umso größer wurde der Lärm der tosenden Wassermassen des Potomac. Der Fluss schoss mit einer atemberaubenden Geschwindigkeit durch die zerklüftete Felsschlucht. Die Stromschnellen machten gerade mit einem Baumstamm kurzen Prozess.

Eine stattliche Gestalt kam Harper auf halbem Weg entgegen. Sie war in blaues Uniformtuch gekleidet, brüstete sich mit einem Marshalstern. Harper wusste aus Erfahrung, dass auf der Rückseite der Windjacke in großen, weißen Buchstaben die Worte „US-Marshal" zu lesen waren. Es war unzweifelhaft Kenneth – „Ken" – Blocker, die Base-Ball-Kappe wie immer tief ins Gesicht gezogen. Mit einem gequälten Gesichtsausdruck blickte Blocker hinauf zu dem über dem Fluss kreisenden Helikopter. Der Zugang zu den hölzernen Laufstegen war hermetisch abgeriegelt worden. Blocker begrüßte Harper mit einem festen Händedruck und machte auf ihn keinen sonderlich gesprächigen Eindruck.

Diese US-Marshals fühlten sich nach Harpers Eindruck für jeden Furz zuständig. Vermutlich stank es Blocker, dass hier soviel Einsatzkräfte herumlungerten. Seiner Ansicht nach hätte für diesen Senatsmitarbeiter ein Geistlicher mit Seelsorge-Lizenz gereicht.

„Jetzt, wo Sie schon einmal da sind, können Sie ja mit dem Kerl reden."

Marshal Kenneth Blocker musterte Sheriff John Samuel Lee Harper von Kopf bis Fuß.

„Ich weiß gar nicht, was der an Ihnen findet, Sheriff."

Harper verpasste sich selbst eine Zigarre.

„Rauchen Sie immer im Dienst?" mäkelte Blocker.

„Bevorzugt bei Einsätzen im Freien. Da bin ich eins mit der Natur."

Blocker fühlte sich gehörig auf den Arm genommen. Dieser Harper war vielleicht eine Marke! Blocker stempelte ihn im Geiste ab.

Harper dachte sich: *Leck mich!*

Blocker dachte nicht im Traum daran. Er war nicht empfänglich für Gedankenübertragung. Er schritt dem Sheriff nun voran. Auf Blockers Kehrseite konnte Harper die aktuelle Berufsbezeichnung lesen. *Wo Marshal drauf steht, ist in diesem Fall auch Marshal drin!* meditierte Harper.

Es war ein schöner Tag und die Vögel zwitscherten in den Zweigen. Zumindest war dies bei dem tosenden Lärm der Stromschnellen zu vermuten.

Inzwischen waren Blocker und Harper auf dem Holzweg zu den Wasserfällen. Sie passierten drei Polizeiposten – die Rangers, die Jungs vom örtlichen Police-Department in Potomac und die eingebildeten Kerle vom FBI, Washington D.C.

Unterwegs begegneten sie Phil Morris, der sich mühte, seine Direktiven über ein Walkie Talkie zu verbreiten.

Verglichen mit Harpers Körperfülle war Morris ein Ritter von trauriger Gestalt. Ein schlanker, durchtrainierter Mann, Mitte 40, – Typ Richard Widmark.

Sein Gesichtsausdruck wirkte belustigt, als er Harper sah. Die Begrüßung war entsprechend:

„Sie sind also dieser sagenhafte Sheriff aus den blauen Bergen!"

Der kommt mir gerade recht! Harper ging sofort auf Abwehr.

„Ich tue nichts weiter als meine Pflicht!"

Widmark alias Morris kaute Kaugummi. Harper konnte diese Wiederkäuer auf den Tod nicht ausstehen. Allenfalls duldete er tierische Wiederkäuer. Von denen schnitt er sich hin und wieder sogar eine Scheibe ab. Meist hatte die Scheibe die Form eines saftigen T-Bone-Steaks.

„Okay, Sheriff – mich würde übrigens einmal ihr persönliches Fitness-Programm interessieren! Ich tippe bei Ihnen auf das kanadische Air-Force-Ausdauer-Training ..."

„Mir liegt es nicht, auf der Stelle zu treten. Ich bewege mich lieber vorwärts", parierte Harper knapp. Er wusste schon, warum er diese Burschen aus D.C. so ins Herz geschlossen hatte.

Noch bevor Morris einen weiteren Spruch absondern konnte, blockte Blocker ab. „Wir werden hier nicht fürs Quatschen bezahlt! Wo steckt dieser Walker?"

„Dahinten." Morris deutete mit der Kinnspitze zu einer kleinen, auf einem Felsplateau wurzelnden Baumgruppe.

Zu dritt liefen sie um die nächste Wegbiegung und überquerten einen weiteren Steg. Unter ihnen schossen die schäumenden Wassermassen hindurch. Harper wagte einen Blick über das Geländer. Der Potomac glich hier einem Durchlauferhitzer. Wie durch eine gewaltige Düse wurde das Wasser in großer Geschwindigkeit durch die engen Rinnen der zerklüfteten Granitfelsen gepresst.

Wer hier reinfällt, kommt an der Flussmündung gehäutet wieder raus!

Diesen flüchtigen Gedanken widmete Harper dem reißenden Strom, als er ehrfurchtsvoll nach unten blickte.

Der Marshal und der Special Agent warteten geduldig.

„Die Dinge sind ganz schön im Fluss", sagte Harper. Er war sich nicht bewusst, dass diese belanglose Bemerkung angesichts der augenblicklichen Situation nicht einer gewissen Komik entbehrte.

Die Drei stiegen eine breite Holztreppe hinauf. Oben angekommen, eröffnete sich vor ihnen das grandiose Schauspiel der Naturbühne in einer Inszenierung der Great Falls.

Wütend knallten die Wassermassen gegen die sich ihnen in den Weg stellenden Granitklippen. Die Gischt schoss wild empor. Gegenüber, am anderen Ufer, erhoben sich grau-grüne Baumwipfel gegen den Himmel. Dort drüben lag Virginia. Harper war ein Wanderer zwischen den Welten. Weder hier noch dort war er zuständig. Und doch brauchten sie ihn.

Er war abgelenkt gewesen. Jetzt erst wurde er auf den Mann aufmerksam, der mit weit ausgebreiteten Armen auf dem breiten Eichengeländer der Aussichts-Plattform stand. In gebührenden Abstand mühte sich eine kauernde Gestalt anscheinend konkrete Lebenshilfe zu geben. Jedenfalls sah es von Harpers Standpunkt betrachtet, danach aus. „Doktor Miller, der Polizei-Psychologe", sagte Morris knapp. Er verspürte wenig Lust, sich von Blocker wieder in die Parade fahren zu lassen.

Wie unter Hypnose, stieg Harper die Stufen zur

Tribüne hinab. Langsam, in Zeitlupentempo, näherte er sich Schritt für Schritt der Situation, die sich da vor seinen Augen zuspitzte. Auf die Entfernung hin blickte Walker geradewegs zu ihm hinüber. Der Psychologe merkte, dass er uninteressant war und erhob sich. Grußlos ging er an Harper vorüber. *Was hat der, was ich nicht habe?* könnten Doktor Millers Gedanken gewesen sein. – That's Life!

Walker hatte Harper schon sehnlichst erwartet.

„Na endlich! Wo bleiben Sie denn die ganze Zeit Harper?"

Walker wirkte seltsam aufgedreht, so als stehe er unter Drogen.

Harper nutzte die Gelegenheit, um näher an Walker heranzukommen.

Der registrierte den Annäherungsversuch.

„Was soll das Theater? Um mich zu sprechen, hätten Sie in mein Büro kommen können. Manchmal tut's auch ein Anruf."

Der Sheriff war weder Seelsorger, noch sagte man ihm ausgeprägtes Fingerspitzengefühl nach. Sollte er sich vielleicht jetzt hinstellen, „aktiv zuhören" und sinnreiche Sätze von sich geben, wie *„Verstehe ich Sie recht, dass Sie sich in die Fluten stürzen wollen?"* Er hatte für diesen ganzen Psychologenkram – wie er ihn sich vorstellte – nichts übrig. *Wenn einer springen will, so springt er!*

„Ich habe keine Lust mir Ihren Sch... anzuhören, Harper. Jetzt bin ich dran. Und Sie halten Ihr verdammtes Maul!"

Walkers Stimme nahm einen harten, metallischen Ton an.

„Wer ist denn vergangenen Sonntag davongelaufen – Sie oder ich?!"

„Du sollst Dein verfluchtes Maul halten, habe ich gesagt!"

Walker brüllte. Mit einer Hand griff er zu der Pistole, die aus seinem Hosenbund schaute. *Vermutlich eine Browning*, dachte Harper.

„Sie halten sich wohl für den Allergrößten?!"

Jetzt siezt er mich wieder.

„Der große Sheriff John Samuel Lee Harper, Jefferson County in West Virgina – der größte Ermittler aller Zeiten und auf GOTTES Erdboden!"

Walker lief zur Höchstform auf. Er steigerte sich in eine Emphase. Wie ein Lebensmüder wirkte er nicht.

„Soll ich Ihnen sagen, was Sie sind? Sie sind eine vollkommene Null! Alles was Sie sind, sind Sie durch mich!"

„Was Sie nicht sagen …"

„Du sollst Dein Maul halten, du Fettsack! Hätte ich Sie nicht angerufen, dann würdest du heute noch über der Leiche brüten. Ich habe dich auf die Fährte gesetzt! Weil ich es wollte!"

Der ist ja vollkommen durchgeknallt! Für die Menschheit ist es in jedem Falle besser, wenn er springt!

„Hören Sie mir überhaupt zu, Sie Null?!"

„Ich höre Ihnen zu. Sie sind nicht zu überhören. Aber ich dachte, Sie wollten mich sprechen oder sich wenigstens wie ein Lemming in die tosende Brandung stürzen …"

„Jetzt reicht's!" Walker riss die Waffe aus dem Hosenbund und zielte auf Harper.

„Noch ein Wort und es ist dein letztes! Wenn du leben willst, dann halt deine Schnauze!"

Harper biss sich auf die Zunge. Lieber hätte er den Kerl in der Luft zerrissen.

„Was glauben Sie, wer den Calzone auf dem Gewissen hat?"

Harper schwieg.

„Können Sie nicht reden oder wollen Sie nicht?!"

Harper deutete auf die Pistole in Walkers Hand.

„Scheißegal, dein Gefasel interessiert mich sowieso nicht!"

Wie kann ein Mitarbeiter des Senats nur so vulgär sein?

Augenscheinlich vollzog sich vor Harpers Augen die Wandlung von „Dr. Jekyll" Walker zu „Mr. Hyde". Als Kind hatte der kleine John Samuel Lee die Geschichten von Stevenson verschlungen. Das fiel ihm ausgerechnet jetzt ein.

„Ratcliff hat ihn umgebracht. Einfach so! Weil dieser ach so fromme Christenmensch in seine eigenen Abgründe geschaut hat. Und es war schrecklich, was er da zu sehen bekam! Und Calzone hat von diesen Abgründen ein paar hübsche Bilder gemacht! Verstehen Sie?! In MEINEM AUFTRAG!!"

Walkers Stimme überschlug sich. Für einen Moment schien es, als verliere er das Gleichgewicht, das er mit der vorgestreckten Waffe auszubalancieren trachtete. Harper war mulmig zumute. Er hatte einen Irren vor sich.

Walker fing sich wieder.

„Sie halten mich wohl für verrückt?! Sie phantasieloses Polizistenhirn! – Ich war verrückt nach Walter, bis diese Schlampe von Catherine zurückkam! Die drehte den einfach um – ich könnte Sie umbringen!" – Walker schluchzte kurz auf – „Ich habe ihn geliebt – und dann muss dieser Calzone Geschäfte auf eigene Rechnung machen!"

Harper zeigte mit dem erhobenen Zeigefinger der rechten Hand brav eine Wortmeldung an.

„Was ist?"

Jetzt deutete Harper auf seinen verschlossenen Mund.

„Reden Sie, wenn Sie etwas zu sagen haben!"

„Warum haben Sie mich auf die Fährte Calzones gesetzt?"

„Weil ich erkannte, dass Walter nichts mehr von mir wissen wollte und bei dieser Frau bleibt ... ihret- und seinetwegen hat er Calzone ermordet. Sie war verheiratet, und er fürchtete um seinen Ruf."

„Aber dafür bringt man doch keinen Menschen um!"

„Doch, weil der untadelige Doktor Walter Ratcliff wusste, dass er beim Sex mit dieser Nutte fotografiert worden ist. Da ist er durchgedreht. Und für Calzone sind die Dinge aus dem Ruder gelaufen ..."

„Aber der hat Sie doch noch am Tage der Ermordung angerufen!"

„Quatsch! Hat er nicht! – Für wie naiv halten Sie mich denn ..."

Die letzten Worte des Satzes gingen im Lärm des plötzlich über ihnen schwebenden Hubschraubers unter. Harper riss beide Arme nach oben und bedeutete dem Piloten, dass er abdrehen solle. Dabei riskierte er auch einen Blick zurück. Blocker und Morris standen noch immer auf der Treppenstufe.

„Der soll verschwinden – SOFORT!" schrie Harper, indem er auf den Helikopter deutete.

Es knallte. Harper fuhr herum. Walker hatte hinter dem Rücken des Sheriffs einen Schuss gen Himmel abgefeuert.

„Warum belasten Sie sich in dieser Weise, Walker?"

„Ganz einfach, weil ich nichts mehr zu verlieren habe!"

Harper machte einen unbedachten Schritt nach vorne.

„Bleiben Sie stehen!" Walker hielt inne.

„Der Kerl hat gedacht, wenn er das Labor von Calzone ausräumt, sind alle Spuren beseitigt!"

Walker lachte schrill. „Dieser Idiot, stellt den Wagen einfach vor Calzones Haus ab – unfähig, die Sache ordentlich zu Ende zu bringen!"

„Aber wir haben doch Bilder in Hülle und Fülle gefunden?"

„Richtig, mein Schatz, weil ich die erste Lieferung Calzones bereits hatte. Directors Cut! – Ich war noch in der Nacht vom 8. auf 9. dort und habe einfach **meine Fotos** aufgehängt!"

„Mit Erfolg, wie man sieht", bemerkte Harper kleinlaut.

Walker zielte auf Harper.

„Auf den Bauch, Dicker!"

Widerwillig und so gut es ging, legte sich Harper flach auf den Boden.

„Hände in den Nacken! – Wird's bald?!"

Harper legte keuchend die Hände an die befohlene Stelle.

„Beine abwinkeln!"

Harper leistete auch diesem Befehl Folge. Jetzt schaukelte er wie ein zu feist geratenes Schaukelpferd auf der Bauchfläche.

„Machen Sie keinen Unsinn, Walker …"

„Mein Name ist Tom Walker. Es wird Zeit zu gehen! Es war schön, Ihre Bekanntschaft zu machen, Sheriff! Bitte grüßen Sie Walter von mir und sagen Sie ihm, dass ich ihn bis zuletzt geliebt habe!"

Als Harper versuchte, den Kopf leicht anzuheben, konnte er gerade noch erkennen, wie sich Walker nach hinten fallen ließ.

Er hörte keinen Schrei. Nur ein zweistimmiges „NEIN!" aus den Kehlen von Blocker und Morris.

Als Harper sich mühsam aufrichtete, vernahm er bereits deren hastige Schritte hinter sich. Er strauchelte atemlos zur Brüstung. Von Walker war nichts mehr zu sehen. Harper wurde schwarz vor Augen. Er merkte, wie ihm die Beine den Dienst versagten. Die Erdanziehungskraft ließ nach. Er hob ab. Der Traum vom Fliegen wurde wahr.

Die untauglichen Versuche Blockers und Millers, ihn festzuhalten, erschienen ihm von hier oben geradezu lächerlich. Ihnen fehlte schlicht der Überblick.

John Samuel Lee Harper drehte noch eine Ehrenrunde über den Wasserfällen, dann nahm er Kurs auf West Virginia.

Harper stöhnte. Ein scharfes Messer fuhr über seine Bauchmuskulatur. Als er die Augen öffnete, sah er im diffusen Licht, das durch die Jalousien in das Zimmer fiel, zuerst die Bettkante. Über den Bettrand beäugten ihn zwei verschlafene, smaragdgrüne Augen. Es waren die Augen seiner Frau.

Er lag mit nacktem Oberkörper auf dem Boden des Schlafzimmers, in einer Hand die Bettdecke. Er war schweißnass und hatte Kopfschmerzen.

Er musste sich seinen Schädel am Nachtkästchen angehauen haben. Seine aktuelle Nachtlektüre – John Grishams „Der Richter" – lag neben ihm.

In seinem Kopf pochte es. Das Messer entpuppte sich als Catherines Fingernägel, mit denen sie liebevoll und sanft über seinen Waschbrettbauch fuhr.

„Darling, was ist? – Du hast heute so unruhig geschlafen ..."

„Ich habe einen schrecklichen Mist geträumt ..."

Es war Ostermontag, der 21. April 2003.

Catherine und er waren gestern nach der Osternacht in ihrer Kirchengemeinde bei Susan Tanner und Bob eingeladen gewesen. Das Osterfrühstück hatte sich etwas länger hingezogen und mündete in einen fröhlichen Brunch ein.

Als später noch Walter dazukam, wurde es richtig lustig.

John Harper erhob sich. Er konnte und wollte nicht mehr schlafen.

Er ging geradewegs ins Bad. Das letzte, was Catherine von ihm zu sehen bekam, bevor ihr die Augen zufielen, war ein athletischer Rücken und die Ahnung eines knackigen Hinterns.

John war spät dran. Ausgerechnet heute hatte er Dienst.

Während er sich in der Duschkabine einseifte, hing er in Gedanken seinem bizarren Traum nach.

Er dachte über Walker nach, eine Figur, der er nie im Leben begegnet war.

„Macht ist sexy!" lautete deren Motto. Doch gegen Ratcliffs anfängliches, sexuelles Verlangen war Walker zunächst machtlos. Ratcliff hatte Walker vollkommen in der Hand gehabt. Der virtuelle Senator Franklin Fulbright schien von alledem nichts mitbekommen zu haben. War auch besser so, für einen gestandenen Republikaner! Fulbright hätte die beiden hochkant aus dem Büro geschmissen!

Für solch einen „Schweinkram" war in seiner Welt sicherlich kein Platz.

Ohne „Coming Out" kam es nicht raus und so blieben sie vorerst drin, im Team.

Vielleicht war der Senator auch einfach pragmatisch genug veranlagt, um bei aller öffentlich zur Schau getragener Prüderie, die sexuellen Neigungen seiner Mitarbeiterinnen und Mitarbeiter, sowie die seiner Wählerinnen und Wähler in deren verschlossene Schlafzimmer zu verorten.

Überhaupt: Alles wäre unter der Decke geblieben, wäre

nicht eines Tages Cat aufgetaucht, nachdem sie viele Jahre von der Bildfläche verschwunden war.

Dieses Luder hatte Walter herumgekriegt, wie man so sagt. „Die Katze lässt das Mausen nicht", sagt ein deutsch-amerikanisches Sprichwort. Und tatsächlich hatte Cat schon bald ihre scharfen Krallen ausgefahren. Sie steckte ihr Revier ab und biss den Konkurrenten Walker gnadenlos raus. Aus enttäuschter Liebe zu Walter Ratcliff drehte Walker dann später den Spieß um! Ratcliff hatte Walker damals einfach den Laufpass gegeben. Als dann nichts mehr zwischen beiden lief, wollte Walker nicht gehen.

Er hatte mit Cat seit Jahren eine alte Rechnung zu begleichen, unglückliche Liebe, verzinst mit krankhafter Eifersucht.

Dass Ratcliff, der ihm am Rande einer Party beiläufig vom Wiedersehen mit Cat erzählte, die Kontrolle verliert, war nicht abzusehen.

Dass Catherine so schlecht davonkam, ärgerte ihren Ehemann John insgeheim.

Aber die Handlung des Traumes gehorcht nun einmal anderen Gesetzen.

Als er sich abduschte, ergriff ihn bei dem Gedanken an seinen geträumten Körperumfang ein wohliger Schauer. Er sah an sich hinunter. Da war kein Gramm Fett zuviel. Vorsichtshalber zog er den Bauch ein. Dieser aufgeblasene Sheriff hatte nun wirklich nichts mit ihm zu tun. Auch dessen Intoleranz gegen Schwule und Randgruppen fand er einfach unerträglich!

Harper schüttelte sich, als er den Mischhebel umlegte, und eiskaltes Wasser aus dem Brausekopf schoss. *Wie bei den Great Falls!*

Als er die Dusche abstellte, wurde ihm warm. Er sah noch einen kleinen Moment den von seinem Körper abperlenden Wassertropfen hinterher. Dann trocknete er sich ab, rasierte sich und schlüpfte in seine Uniform.

In der Küche trank er ein Glas Orangensaft und aß ein Stück Toast mit Marmelade. Er war kein großer Frühstücker.

Bevor er die Wohnung verließ, huschte er ins Schlafzimmer, gab der in tiefem Frieden schlafenden Catherine einen Kuss auf die Stirn und zog leise die Wohnungstür hinter sich zu.

Es war ein schöner Tag. Als er die während der vergangenen Nacht angefallenen, dienstlichen Meldungen über den Polizeifunk einholte, teilte ihm der Kollege vom Police-Department mit, dass in Harpers Ferry ein Toter aufgefunden worden sei.

An diesem Morgen reifte in Sheriff John Samuel Lee Harper der Entschluss, Montage für den Rest seines Lebens zu hassen.